時鐘《とけい》館の殺人

今邑　彩

中央公論新社

目次

時鐘《とけい》館の殺人

生ける屍の殺人

五月十一日、午前零時半頃。赤坂の、とあるマンションの人気の絶えたロビーで、フリーカメラマンの川崎幸男はいらいらしながらエレベーターが降りてくるのを待っていた。

8で灯っていたランプが7、6、5……と降りてきて、ようやく1で止まった。ゆっくりと扉が開く。待ってましたとばかりに飛び込もうとして、幸男はぎょっとして身を引いた。空だとばかり思った箱に人が乗っていたからだ。

女である。白と黒のかなり大胆なデザインのつば広の帽子に、同じデザインのワンピースを着た痩せがたの年増だった。顔半分を覆い隠すくらいの大きな黒いサングラスをかけている。ひどく厚化粧で真っ赤な口紅をつけていた。

美人といえなくもない姿形だが、出来れば夜中にバッタリ出くわしたくないタイプだ。

女は妙にギクシャクとした動きでエレベーターを出ると、ムチ打ち症患者のように真っすぐ前を向いたまま、正面玄関の方に歩いて行った。どことなく足を引きずるような歩き方で。

幸男は振り返って見ていたが、エレベーターの扉が閉まりかけたので、慌てて中に飛び込んだ。

扉が閉まると、いきなりくしゃみが出た。残り香というにはきつすぎる香水の匂いが、春先にはきまって花粉症に悩まされる幸男の敏感な鼻の粘膜を刺激したのである。

エレベーターが自宅のある九階で停まるまで、くしゃみの方もなかなか止まらなかった。

同日、午前五時。空がやっと白みかけた軽井沢の別荘地帯を、白樺林を右手に見ながら、一組の初老の夫婦が仲良くジョギングを楽しんでいた。

さる大手洋酒メーカーの重役をつとめていた赤井昭三が、定年と同時に、千駄ヶ谷の家を長男夫婦に引き渡し、妻と二人、軽井沢の別荘を終《つい》の棲《す》み家と決めて、移り住んできたのが二年前。

天気の日はこうして夫婦揃って早朝ジョギングを楽しむ——というか、楽しむことを妻に強制されてから、ほぼ一年になる。

昭三は少しペースを落として、妻が追いつくのを待っていた。

振り返って見なくても、二、三十メートル後を、よくまあここまで無駄肉を蓄えたものだと感心するほど太った妻が、よたよたと走るよりも転がった方が速い速度でやって来るのが目に見えるようだ。

首に巻いたタオルで額の汗をぬぐいながら、昭三はなにげなく前方の白樺林の方を見て、おやと思った。

林の中に人影を認めたのだ。

あたりはまだ仄暗《ほのぐら》く、霧が出ていたが、林の間を縫って歩いて行くのが女であることはすぐに分かった。白と黒とのつば広の帽子に同色のワンピース。この辺りの人が早朝の散歩をしているという身なりではない。足でも痛めているのか引きずるような歩き方だった。

こんな時間にこんな場所を女が一人で歩いて行く。

昭三はなんとなく亡霊でも見たようにゾクリとした。

「おい、見ろよ。あんなところに女がいるぞ」

息を切らせながら追い付いてきた妻に言った。

「あら、ほんと。こんなに早くにこのへんの人かしら?」

妻はヒグマのような荒い息を吐きながら、夫の指差す方を見た。

「そうじゃないだろう。さっき変な所に白い車が停まってたな。あの車で来た人かもしれない。車が故障でもしたのかな」

「きっとそうだわ……」

夫婦がそんな会話をしているうちに、不審な女の姿は林の奥に消えていった。

同日、午後二時頃。

楠本めぐみはタクシーを降りると、白樺林の向こうにある、和久龍一の別荘めざして軽快な足取りで歩きはじめた。

和久は、この春大学を卒業したばかりのめぐみの婚約者で、昨年の秋に大衆文学賞を受賞した、今や人気、実力ともにトップクラスのミステリー作家だった。書き下ろしの大作に専念するために、昨年の夏に購入した、この軽井沢の別荘に一週間ほど前から逗留しているのだ。

人生なんて分からない。

めぐみは歩きながら思った。

大学を卒業したら将来性のある仕事について、有能なキャリアウーマンとしての人生を歩むのだと意気込んでいためぐみが、あと半月もすれば、昨年の夏にひょんなことから知り合った十五も年上の人気作家と結婚して、専業主婦になるのだとは。

別荘に着くと、白い扉の横手にあるインターホンを、めぐみは期待をこめた指で押した。扉を通してチャイムの鳴り響く音がする。胸がドキドキしてきた。電話もしないでやってきたのはまずかっただろうか。仕事の邪魔になると嫌な顔をされるのではないかと思ってみたり、そんなはずはないと打ち消してみたりで、しばらくそわそわしていたが、人の出てくる気配はなく、別荘は妙に静まりかえっていた。

和久はいわゆる夜型で、仕事が終わるのはたいてい明け方だと聞いたことがある。それから寝て、起きるのは昼すぎだとも。それにしても、もう二時すぎなのだから、起きていてもいい頃だ。

もう一度インターホンを押した。やはり応答がない。扉の取っ手をつかんで引っ張ってみたが、鍵がかかっていた。留守かしら。やや不安をおぼえながら、めぐみは立て続けにインターホンを鳴らした。

玄関前には、和久の愛車が停まっていた。出掛けたとしても遠出ではなさそうだ。まだ寝ているのでなければ、ちょっとした散歩にでも出たのかもしれない。

めぐみはそんなことを思いながら、裏手に回ってみた。

応接間のガラス戸のカーテンはすでに開いていた。ということは、和久はもう起きているに違いない。

中を覗きこんで、思わずドキリとした。ソファに誰か腰掛けている。女だった。大きな黒いサングラスをかけ、白と黒の大胆なデザインのつば広の帽子を被り、同じデザインのワンピースを着た女が身じろぎもせず、こちらを向いて座っていた。

誰かしら。

婚約者の別荘に女性の訪問客らしい姿を見て、内心穏やかではなかった。

めぐみはガラス戸に手をかけたが、そこも鍵がかかっていて開かなかった。応接間に座っている女に向かって、「開けて」という合図をしてみたが、女は微動だにしない。

気がつかないのかしら。

不審に思いながら、ガラス戸を拳でたたいた。「開けて」と声もかけてみた。しかし、女は座り続けている。

まるでマネキン人形みたいだ。

変だわ……。

めぐみは目をこらした。女のワンピースの胸のあたりがベロリと破れて、赤黒く汚れているのに気がついたのだ。ケチャップでもこぼしたように……。

心臓が早鐘のように打ち出した。さきほどまでの胸の高鳴り方とは違う。膝がガクガクと震え出した。

まさか——

めぐみはあたりを見回した。手近の石をつかむと、それでガラス戸をたたき割った。その音にも、帽子にサングラスの女は身動きひとつしなかった。

ガラス戸を開けると中に転がりこんだ。十二畳ほどのフローリングの床には五月の日差しが眩《まばゆ》いくらいに射しこんでいる。

磨き抜かれた床には、赤黒いペンキでもぶちまけたような跡があった。めぐみは座り続けている女に恐る恐る近付いた。鼻が曲がりそうになるほど強い香水の匂い。黒いサングラスをかけた女の顔は厚化粧だった。真っ赤に塗りたくった唇の両端がほほ笑みを湛《たた》えるように釣り上がっている。広い襟ぐりから出た剝き出しの喉には、赤黒い人間の手形が、まるで女の喉を絞め上げたかのような形でベッタリとついていた。右肩から胸にかけて服は破れ、布地にも赤黒い指の痕がついていた。

女は人形ではなかった。

めぐみはヒイッと悲鳴をあげて後ずさりした。女の足元にはテーブルの果物皿から転げ落ちたオレンジが一個と、血のついた果物ナイフが落ちていた。

だが、服は破れていたが、女の体には刺し傷らしいものは見えなかった。服にベットリついている血（それが血であることをめぐみはもう疑わなかった）は明らかにこの女のものではない……。

めぐみはグラグラとめまいをおぼえて倒れそうになった。何があったの？　これはどういうこと？　頭のなかが真っ白になってしまった。

和久さんはどこ？

はっとして、和久の名を大声で呼んだ。どこからも返事はない。家の中は静まりかえっている。視線を落として、床の血だまりを踏んだようなスリッパの跡に気がついた。

血染めの足跡は二通りあった。どちらも、廊下の方に点々と続いている。一方が一方を追い掛けるように。

フラフラとよろめきながら、めぐみは、その赤い足跡を追った。足跡と血の滴りは、応接間を出て廊下まで続き、廊下の右手にあるトイレの前で途切れていた。

アイボリーのドアにも少し掠《かす》れた血染めの手形がついていた。大きさから見ると男のもののようだ。真鍮《しんちゅう》のノブにも血がついている。

めぐみは狂ったように婚約者の名を呼びながらドアに取り付いた。ドアを拳でたたき、両手でノブをつかんで開けようとした。しかし、ドアは開かなかった。中から施錠されたドアは無気味に沈黙したままだった。

混乱した頭のまま、トイレの前を離れると、玄関に向かった。さっきの女のものらしい黒いハイヒールが脱ぎ揃えてあるたたきに降りるとドアを開けた。

裸足のまま、外に出る。トイレの小窓に駆け寄った。近くにあったビールのケースを踏み台にして中を覗きこむ。外から鉄格子がはまっていたが、窓は半ば開いたままだった。

白いワイシャツ姿の男が洋式便器に抱きつくようにして倒れていた。和久だ。名前を呼んだがピクリともしない。すでに事切れている。血に染まった右手の人指し指が何かを指し示すように突き立てられていた。

めぐみは僅かに首をねじってその方向を見た。明るいベージュの壁には、血で描かれたようなどす黒いカタカナの七文字が不揃いに並んでいた。

イケルシカバネ――と。

1

店の扉が開いた。

止まり木に腰掛けて、ボンヤリと煙草をふかしていたママは、半ば迷惑そうな眼差しを戸口の方に向けた。

「やれやれ、やっとたどりついた」

せかせかとした足取りで入って来たのは、小脇に茶封筒を抱えた、目玉のギョロリとした小太りの中年男。背広の肩のあたりがびっしょりと濡れていた。

中年男に続いて、頭ひとつ分だけ背の高い、痩せた若い男がノッソリと現れた。よれよれのレインコートを衣紋掛けのような肩に引っ掛けている。

ママは客に、「いらっしゃい」とも言わず、ゆっくりと煙草を揉《も》み消すと、カウンターの中に入った。

「参った、参った。この辺りときたら、なんでこんなに入り組んでるんだ?」

中年男は止まり木に座ると、大声でぼやいた。

「まるで迷路だ。駅を降りて、同じとこ、グルグル回ってさ、おまけに雨は降ってきやがるし、狐に化かされてるような気分だったぜ」

ママは埃を被った客のボトルを棚から取り出しながら、「まだ化かされているのかもよ」と呟いた。

「何、つったってんだ。早く座れよ」

中年客は、もの珍しげな表情で店内を見回していた連れに声をかける。

「あ、はい」

若い客はギクシャクと、長い脚を折り畳むようにしてスツールに腰掛けた。

「こいつ、俺の後輩で、小西亮っていうんだ。春にミステリー新人賞射止めてさ、デビューしたばかりなんだ」

中年男は連れの肩をポンと叩いて紹介した。

「どうも……」

若い男は口の中で意味不明のことをモゴモゴ言って、ヒョコッと頭をさげた。

ママは気のない顔で、「あらそう」と言っただけだった。

「客が来てもニコリともしない、『いらっしゃい』も言わない変わり者のママがいるって話したら、こいつが、ぜひ連れてってくれってせがむんでね」

中年男はやや皮肉をこめて言った。

ママは科学者のような手つきで水割りを作っていた。

タコ踊りでもするようにもがきながらコートを脱いでいた若い男がたずねた。

「『生ける屍』っていうんですか。この店」

「あなたも水割りでいい？」

ママはそう聞き返しただけだった。

「あ、いや、僕はミルクで」

先輩は呆れたように後輩を見た。

「酒は飲めないんです」

「ミルクはないわ」

ママが素っ気なく言った。

「アルコールさえ入ってなければ何でもいいんですが……」

「ドクダミ茶ならあるわ」

「ド？」

「ドクダミ茶よ」

「なんでそんなものがあるんだ？」

中年男が不思議そうにきいた。

「わたしが飲むのよ」

「それでいいです」

「悪夢のような会話だ」

連れは頭を振った。

「それにしても、凄い店名ですね。名前からして、客を拒絶しているような。よく潰れないなあ」

若い男は感心したような声で話を戻した。

「潰れるとか、流行《はや》るとか、そういう世俗的なことは超越してんだよ、ここのママは」

「あなたがたのような物好きがいるおかげで、税務署のオニイサンに同情されるくらいの稼ぎにはなってるわ」

「そういえば、ここは物書きとか絵かきとか、ゲイジツ関係の常連が多いな」

中年男がボソリと呟く。

「店名に何か由来はあるんですか。『生ける屍』なんて、思いつきで付けたとも思えませんが」

若い方は店名にこだわっていた。

「由来はいたってシンプルさ。ここのママが、魂の抜殻、つまり生ける屍だからさ。そうだよね？」

ママの顔にはっとした表情が浮かんだ。

「ママが生ける屍？」

びっくりしたように若い作家は連れとママの顔を見比べた。

「年齢不詳。住所不定。本名不明。源氏名すら教えてくれない。コレ（親指をたてて）がいるのか、いないのか、それすらも分からない。神秘のぶ厚いベールに包まれたママだったんだが、たったひとつだけ分かったことがある。それは若い頃、熱烈な恋愛の末に、相手と心中して、自分だけ生き残ってしまったという、クラーイ過去があったこと――」

「誰から聞いたのよ」

ママが険しい声を出した。

「誰から聞いたはないでしょう？　いつだったか、珍しく酔っ払って、あなた自身がペラペラしゃべったことじゃないですか」

中年客はニヤニヤ笑った。

「まさか。わたしが酔っ払うような酒はこの世にありゃしないし、たとえ酔っても、そんな歯の浮くようなヨタ話、しゃべるわけがないわ」

「でも、しゃべったもの」

「でたらめだわ」

「ムキになるとこを見ると、やっぱり本当だったんだ。若いとき——ママの若いときって何十年前だか何百年前だか知らないけど——」

「八百比丘尼《はっぴゃくびくに》じゃないわよ」

「郷里で同人誌をやっていた学生と恋に落ちたが、親がどうしても結婚を許してくれない。それで思いあまった二人は海の見える旅館で、波の音を聞きながら、一、二の三で薬を飲んだ。ロマンチックだねえ。しかし天国で結ばれるはずだった恋は、成就できなかった。男の方はアッサリあの世に旅だったが、あなたの方はしぶとく生き返ってしまったからだ。男だけを死なしてしまったあなたは、生き残ったものの、それからは生ける屍になった。世の中のことなんかどうでもよくなった。どこかの湾岸で戦争が起きようが、総理大臣の首がすげ替わろうが、どうでもよくなったんだ。ただもう一度死ぬのが面倒臭いので、ズルズルと、その日その日を生きているだけの女になった——」

「ばかばかしい」

ママの三十にも八百歳にも見える細面の白い顔が歪んだ。煙草を取り出すと、荒々しくふかしはじめた。

「波音を聞きながら心中ですって。天国に結ぶ恋ですって。新派の悲劇じゃあるまいし。作り話だって、もっとましなの考えるわよ」

煙とともに吐き捨てた。

「どうせ、どこかのバカホステスの嘘八百の身の上話とゴッチャにしてるんでしょう」

「まあまあ」

「なにがまあまあよ。気分、悪くなったわ。もう帰ってくれない？　店、閉めるから」

「え。そんな殺生な。今来たばかりじゃない。雨も降ってるし。それに編集者とここで落ち合うことになってるんだ」

中年作家はカウンターに置いた茶封筒の方をチラと見た。原稿が入っているらしい。

「知ったことじゃないわ」

ママはツンと横を向いた。

客は薄くなった頭を掻いた。困ったように連れを見る。若い連れは肩をすくめた。

「とにかく謝った方がいいみたいですね」

「さっき言ったことは小生の聞き違いでした。どこかのバカホステスの身の上話とゴッチャにしてました」

「うるさいわね。帰ってよ」

「ふーんだ。帰れというなら帰りますけどね。でも残念だなあ。せっかくとっておきの話をもってきたのに」

客はコロリと戦術を変えて、思わせ振りな言い方になった。

ママはまだそっぽを向いている。

「ママみたいに、新聞も読まないテレビも見ない、なんて浮世離れした生活してると、今、世間を大いに騒がせている例の事件のことも、ひょっとして知らないんじゃないかと思ってさ……」

そう言ってずるそうな上目遣いでママを見た。

「事件？」

うさん臭そうな目付きでママは客を見返す。

客はアタリを感じた釣り師のようにニンマリした。

「和久龍一って、ミステリー作家、知らない？」

「知らないわ」

「年は俺と同じなんだけど、去年、大衆文学賞を受賞してさ、今や、飛ぶ鳥を落とす勢いの売れっ子作家なんだけど？」

「知らないね」

「女性に人気のある作家なんだけどなあ。ほんとに知らないの？　名前くらい聞いたことあるだろう？」

「知らないったら知らないわよ」

「まったく取り付く島もないんだから」

客は溜息をついた。

「その売れっ子がどうかしたの？」

「死んだんだよ」

「へえ」

「それも事故とか病死とかじゃないぜ。なんと——」

劇的効果を高めるように、客はいったん言葉を切った。聞き手の反応を窺《うかが》う。ママは相変わらず無表情だった。

「殺されたんだ」

「あらそう」

客がガクッとこけた。

「あらそうって、それだけ？」

「他になんて言えばいいのよ」

「エッとかウソーッとか……」

「エ。ウソー」

「アンドロイドとしゃべってるみたいだな」

「人殺しの話ばかり書いて賞を貰った作家が殺された。そこまでは分かったわ。それで？」

「………」

客は気を取り直してから続けた。

「世の中で何が起きようと興味のないママでも、この事件にだけは興味を感じると思うんだけどな。とにかく奇々怪々な事件なんだ。聞きたい？」

「わたしが聞きたいんじゃなくて、あなたが話したいんでしょ？　編集者が来るまで聞いてあげるから、さっさと話して」

「事件は今から一週間くらい前に起こったんだ。和久龍一の死体は軽井沢の別荘のトイレのなかで胸を刺されて発見されたんだが――」

「トイレの中？」

「ああ。和久は便器に抱きつくようにして事切れていた。死亡推定時刻は十一日の午前五時から七時の間。トイレの小窓は開いていたらしいが、ドアは中から鍵がしてあって――」

「分かったわ。奇々怪々って、あなたがたの大好きな密室殺人だったのね？」

「いや、そうじゃない。トイレの鍵をかけたのは被害者自身であることは明らかだったし、和久はトイレで殺されたんじゃなくて、応接間で刺されて、第二撃を避けるためにトイレに逃げ込んだらしいんだ。そのまま失血死にいたったというわけさ」

「そこまで分かっていて、どこが奇々怪々なのよ？」

「まあ黙って聞きたまえ。死体の発見者は、フラリと遊びにきた婚約者だった。この人が警察に連絡して、駆け付けた捜査官がトイレのドアを破ったんだ」

「そうしたら、そこで、人気作家がよりにもよって便器を抱いて死んでたのね。人気作家ならもっとましなものを抱いて死ねばいいのに」

「ところで、和久を殺したのは誰だったと思う？」

「誰って、犯人はもうつかまったの？」

ママが拍子抜けしたように言う。

「つかまったというか、和久の死体が発見されたとき、犯人はまだそこにいたんだよ」

「逃げずに？」

「そう。もっとも逃げたくても逃げられなかったって言うべきかな。それとも逃げる必要がなかったと言うべきか」

「それ、どういうこと？」

「どういうことだと思う？」

「こっちが聞いてるのよ？」

「つまりね、和久の死体が発見されたとき、犯人の方も死体になっていたんだよ」

「自殺したってこと？」

「そうじゃない。その犯人も殺されてたんだ。首を手で絞められてね。しかも解剖の結果、その女の死亡推定時刻はなんと——」

「女なの？」

「ああ。犯人でもあり被害者でもあったその女は新宮涼子といって、大手出版社の元編集者なんだ。和久を世に売り出したのが彼女だと言われている。それで、その女の死亡推定時刻だが、なんと、和久よりも十二時間以上も前だったんだよ」

「え？　話が見えてこないわ。和久とかいう作家が殺されたとき、その女性は既に死んでいたということなの？」

「そうなんだ。それは解剖の結果明らかなんだ」

「だったら、その女性が作家を殺した犯人ではありえないじゃないの」

「ところが、和久を殺したのは、その女に間違いないんだ」

「そんな馬鹿なことって――」

　ママは形の良い眉をひそめた。客はここぞとばかりに力を入れた。

「だから、最初に言っただろう？　奇々怪々な事件だって。和久龍一は生ける屍に殺されたんだよ」

2

「ちょっと待ってよ。その女ゾンビが作家を殺した犯人だとする根拠はなんなのよ？

ただ現場にいただけでは犯人とは言えないでしょ？」

ママは眉をひそめたまま尋ねた。

「事件のあった日、つまり五月十一日の午前五時くらいに、和久の別荘付近で、ジョギング中の老夫婦が、白樺林を抜けて歩いて行く女ゾンビの姿を目撃していたんだよ。白黒のパンダみたいなドレス姿の女が、足をひきずるようにして歩いて行くのを。

それから、同じ日の午前零時半くらいに、赤坂のマンションで、そこの住人が、エレベーターから降りてきた女ゾンビの姿を見ている。新宮涼子はそのマンションの八階に住んでいたんだ。住人の証言では、その女はひどく厚化粧で大きなサングラスをかけ、鼻がひん曲がるくらい強い香水をつけていたそうだ。そして、歩き方がどこか不自然だった——」

「まあ」

「おかしいのは、新宮涼子というのは、ふだんはそんなに厚化粧ではなかったことだ。それに、香水もプンプン匂わせるなんてことはしなかったし、サングラス愛好家でもなかった。それなのに、なぜ、その日に限って、そんな恰好をしていたのか。夏でもないのに、真っ黒なサングラスをかけ、唇を真っ赤に塗りたくっていたのはなぜか。

答えはひとつ。厚化粧をしたのは、素肌に浮かんだ何かを隠すため。香水を浴びるほど振り掛けたのは、体から発散する何かの匂いをごまかすため、サングラスは目に現れた何かを覆うためだったに違いない」

「何かってまさか？」

「ふつう、女が化粧を念入りにするのはどんなときだい？」

「そりゃ、綺麗に見せたいときとか、染みやそばかすが増えたときとか――」

「女ゾンビが隠そうとしたのは、染みやそばかすじゃない。死斑だったんだよ。赤坂のマンションのロビーで目撃されたとき、新宮涼子は殺されてから八、九時間はたっていたはずだ。季節にもよるけれど、死んでから二、三時間もすると死斑が浮かんでくるからね。それと、香水で隠そうとしたのは、むろん、腐臭だろう。サングラスで目を覆ったのは、角膜が濁りはじめたことを隠すためだったんだろうし、どぎつい口紅は、紫色に変色した唇を隠すためだ。歩き方がギクシャクしていたのは、既に死後硬直が始まっていたからに違いない」

中年客はそこまで一気にしゃべって、くたびれたようにぐったりとした。

「で、根拠はそれだけ？」

ママは容赦なく追及する。

「むろんそれだけじゃない。女ゾンビの着ていたワンピースには血がベットリついていた。血の飛沫の付き方からして、凶行時に返り血を浴びたものであると思われた。鑑識の結果、血液型は和久龍一のものと完全に一致したそうだ。しかも、服は右肩から胸にかけて破かれていて、血染めの指の痕がついていた。指紋は和久の右手のものだった。つまり、女ゾンビに果物ナイフで刺された時、和久は、とっさに相手の服をつかんでビリビリと――」

「凶器は果物ナイフだったの？」

「そう。応接間のテーブルの上にあった果物皿に添えられていたものだそうだ。このことは婚約者が証言した」

「ということは、犯人はその場にあった刃物を使ったというわけなのね？」

「そうだ。ついでに言うと、警官が踏み込んだとき、女ゾンビは応接間のソファに庭の方を向いて座っており、その足元に、この果物ナイフが落ちていた。

ナイフの柄から検出された指紋は、女ゾンビのもので、被害者の胸の傷は、このナイフの形状とほぼ一致したそうだ」

「凶器に関しては問題ないわけね……」

ママは考え込みながら呟いた。

「で、話を戻すが――」

客はそう言って、くわえた煙草に火をつける。

「第一現場である応接間のフローリングの床には、入り乱れた血染めのスリッパの跡がついていて、そこから凶行時の犯人と被害者のとった行動がおおむね推理できた。

まず、スリッパの跡は二つあって、ひとつは——被害者のものだろう——応接間から廊下を伝わってトイレの前まで続いている。

もう一つは、その足跡を追うようにして、トイレの前まで続き、そのあと、応接間まで引き返してきたような跡が残っていた。

その上、その第二の足跡は応接間をうろうろしたあとで、玄関の方へ向かったらしい。もちろん、掠れてはいたが、玄関まで行って、再び応接間まで戻ってきた跡がついていたそうだ。言うまでもなく、女ゾンビの履いていたスリッパの底には血がついていた。

これらの血染めの足跡から分かることは、応接間で襲われた被害者が、とっさにトイレに逃げ込み、犯人は後を追ったが、鍵をかけたことを知って戻ってきたということだね」

「その作家はどうしてトイレなんか逃げ込んだのかしら？　外に逃げるとか、電話を使って警察に連絡するとか、どうしてしなかったのかしら」

「それはしたくても出来なかったんだよ。刺された状況から推理すると、ナイフを持って立ちはだかる犯人から逃げるためには、廊下に出るドアが一番近かったようだし、電話は応接間には設置してなくて、仕事柄、書斎に置いてあったんだ。

それに、外に逃げて助けを求めようにも、近隣の別荘とだいぶ離れていたようだし、シーズンオフで人気もなかった。襲撃を避けるためには、身を翻して、近くのトイレに逃げ込み、中から錠を下ろすというのが精一杯だったんだ」

　中年客は喉を潤すように水割りを口にした。

「でも――」

　と、ママが再び考え込みながら言った。

「いくら女ゾンビの服に被害者の血や指紋がついていたとしても、それだけではゾンビの犯行とは言えないんじゃないの？」

「どうして？」

「第三者が犯行後に自分の着ていた血まみれの服を女の死体に着せたとも考えられるじゃないの。死体が犯人だったように見せかけるために」

「なるほどね。しかし、そのことだが、ひとつ重要なことを言い忘れていた。実は、和久の血染めの指紋がついていたのは服だけじゃなかったんだ」

「え？」

「女ゾンビの剝き出しの首にも和久龍一の血染めの手形がベッタリとついていたんだよ」

「首に？」

「左手の手形だった。和久は刺された時、相手の服を右手でつかんで破いただけでなく、相手の首を左手でつかんで絞めようとしたに違いない。その後で、女とはいえ、刃物を持った相手に抵抗しても無駄だと思ったのか、身を翻して、手近のトイレに逃げ込んだのだ。中に入ると鍵をかけた。トイレの窓には外から鉄格子がはまっていた。いわば彼は完全に密閉された部屋に籠城してしまったわけだ。だから、第三者が犯人だとした場合、後で服を着せ替えることはできても、新宮の死体に和久の血染めの手形をつけることは不可能だったはずだ。つまり、新宮の首についていた手形は、和久がトイレに逃げ込む前につけたとしか考えられないってことさ」

「ナルホド。で、ゾンビ犯人説の根拠はそれだけなの？」

「いや、まだある——ゲホッ」

客はむせて咳こんだ。

「とっておきのやつがあるんだ」

「何よ？」

「和久龍一がダイイング・メッセージというやつを遺していたんだよ。籠城したトイレの壁にね」

「ダイイング・メッセージ？」

ママは怪訝そうな顔をした。

「被害者が死ぬ前に、犯人の名前なんかを遺すことさ」

「へえ。どんな？」

「血文字で、トイレの壁に『イケルシカバネ』とカタカナで書かれていたんだ。血染めの指の指紋から見ても、和久自身が書いたものに間違いない」

「まあ」

「犯人は生ける屍であると、被害者自らが書き残したのさ。それも、ママのような比喩的な意味での『生ける屍』じゃないぜ。本物のゾンビのことだったんだ」

「それで分かったわ。だいぶお見限りだった雨宮さんが、久し振りにやって来た理由。そのダイイング・メッセージがきっかけで、うちの店のことを思い出したのね？」

「当たり。でも、だいぶお見限りだったはひどいな。おとといも来たんだが、やってなかったんだぜ。なあ？」

雨宮なる中年作家は、若い連れの方を見た。死んでいるように無口だった若い連れは頷《うなず》いた。

「例のごとくグルグル回って、やっとたどり着いてみると、店は閉まってる。や、これはとうとう潰れたかって思ったぜ」

「失礼ね。そう簡単に潰れてたまるもんですか。たちの悪い風邪をしょいこんで、ここ一週間、家でずっと寝てたのよ」

「誰かに看病させて？」

「知らないわ」

ママはまたツンと横を向いた。

「でも、ゾンビに殺されたなんて——信じられないわ」

「いやいや、このくらいで驚いてはいけない。捜査していくうちに、もっと驚くべきことが明らかになったんだ」

中年客は話がいよいよ佳境に入ったと言わんばかりに、身を乗り出した。

「どんな？」

ママの方も心なしか身を乗り出した。完全に話に釣り込まれているように見える。

「女ゾンビだが、誰に殺されたんだと思う？」

「殺された？　ああ、そうか。その女ゾンビの方は扼殺《やくさつ》されてたんだったわね」

ママは思い出したように答えた。

「で、誰に殺されたの？」

「なんと、自らの被害者に殺されたんだよ」

3

「なんですって？」

ママは聞き返した。

「新宮涼子を殺したのは和久龍一その人だったのさ」

「どうしてそんなことが分かったのよ？　女ゾンビの方もダイイング・メッセージとやらを遺していたの？　『わたしを殺したのは、わたしが殺した男です』とか」

「そんなややこしいダイイング・メッセージを遺すものか」

　話し手は噴き出した。

「別荘の書斎の机の中から、和久が郷里にいる姉にあてた手紙が発見されたんだ」

「手紙？」

「そう。和久龍一は小さい頃に両親を台風だかなんだかで亡くしてから、十歳年上の姉に育てられたそうなんだ。郷里にいる姉は和久にとって、唯一の肉親であり、母親代わりでもあったんだね。それで、新宮を殺して動揺した和久は、まず姉に救いを求めようとしたのだろう」

「なるほどね」

「手紙は、便箋にして二枚ほどで、心乱れるままに鉛筆で殴り書きしたものらしく、文字は乱れていたが、筆跡鑑定の結果、和久の手に間違いないことが分かった。要約すると、こんな内容だった。

『昼間、涼子のマンションを訪ねた折り、ささいなことから口論になり、ついカッとして、彼女の首を両手で絞めて殺してしまった。死体をマンションに残して、別荘に逃げてきたが、これからどうしたらよいのか分からない』

　こんなことが『姉さん』という呼び掛けで書かれていたのさ」

「新宮涼子は自分のマンションで殺されたの？」

「そうらしい。実際、警察が調べて見ると、赤坂にある新宮のマンションには人が争ったような跡があったそうだ。枕やら置き時計やらが床に散乱していて、三面鏡が割れていた――」

「作家自身が編集者を殺してしまったことを手紙の中で告白していたのね？」

「そうなんだ。姉あての手紙を書き上げる前に途中で気が変わったのか、あるいは、何か中断せざるを得ないことが起こったのか、それは便箋にくっつけたまま、机の引き出しの奥に突っ込んであったのを、捜査員が見付けたのだ」

「でも、手紙の内容からすると、その作家と女性編集者はもしかしたら――」

「ご想像の通りさ。仕事だけの間柄ではなかった。新宮の方が五歳ほど年上だったが、二人が恋人同士だったことは周知の事実だった。まあ、どっちも独身だったから不倫でもなんでもないが。そもそも、和久の才能を最初に見いだしたのは、やり手の編集者だった、新宮だったんだ」

「それじゃ、恩人でもあるのね」

「まあね。恩人のままで終わってりゃよかったんだが。三十くらいまでの和久はどこで何をしていたのか、誰も知らない。職も住居も転々としながら、小説の勉強でもしていたんだろう。最初は純文学志望だったらしいから、そんなものでも書きながら、出版社回りをしてたらしい。

そのうち、新宮の勤めていた大手出版社に原稿を持ち込んで来た。無名の人間の書いたものがチャンスを得ることは稀だが、その稀なことが起こったんだ。たまたま和久の原稿が新宮涼子の目にとまったんだな。新宮は和久の原稿を読み、才能のひらめきを感じた。そして、熱心に編集長をくどいて、その作品を採用したのだ。

原稿はしばらくして本になった。初版の部数は僅かなものだったが、世に出てみると、これが意外に反響を呼んだ。やがて、出版社は金鉱を掘り当てたことに気がついた。それからが、和久龍一のサクセス・ストーリーのはじまりはじまりってわけさ。

つまりさ、新宮涼子は和久にとって、救いの女神だったんだ。チョイト年は食っていたけど、ローレン・バコールに似た個性的な美人だったし、もともと和久には、姉に育てられたという生い立ちゆえか、シスター・コンプレックスのようなものがあったらしい。最初は、和久の方が、この才色兼備の年上の女に夢中になったんだ」

客はそこでニタリとして、付け加えた。

「最初はね」

「その手の関係がどういう結末を迎えるか、人間を長くやってると、多少の想像はつくわね」

ママが苦い表情で言った。

「人間を長くって、ざっと八百年くらい？」

「八百比丘尼じゃないってば」

「お察しの通りだよ。和久龍一は着実に成功への階段を上りはじめた。毎年なんらかの賞を取るかノミネートされてね、そのたびに新たな読者をつかみ、世に広く知られていった。

もともと純文学志向だったから、他のミステリー作家に比べるとブンガク臭が強い。でも、そのへんが従来のトリック重視のミステリーに飽き足らなかった評論家連中や文壇のウルサ型には受けたんだ。

しかし、賞を取り、本が売れ、人気作家の仲間いりをする頃になると、和久の新宮に対する態度が変わってきた。センセイ、センセイと周りからチヤホヤされるようになると、新宮のようなデビュー当時のことを知っているベテラン編集者はいわば目の上のタンコブになってきたらしい。しかも、男と女の関係になっていたから、そっちの面でも飽きがきていたんだろう。

そんなわけで二人の仲がじょじょに冷えはじめ、決定的な破局を迎えたのが、去年の夏頃だった。きっかけは若い女の出現だ。よくあるパターンさ。和久に女子大生のお友達が出来たんだ。しかも、同じ頃、新宮が編集長と烈しくやり合って、辞表をたたきつけるという事件が起きた。しかも、編集長はその辞表を喜びいさんで受理してしまった」

「それで元編集者というわけなのね」

「新宮のヒステリックな行動の裏には、そろそろ、和久との関係を正式な結婚でしめくくりたいという焦りがあったのかもしれない。男の背後にちらつきはじめた若い女子大生の影に不安を覚えたのかもしれないな。

しかし、仕事をやめれば、男がプロポーズしてくれると考えたとしたら、聡明な彼女にしては浅はかな計算だった。和久は、暇ができたことをいいことに、女房気取りで四六時中、自分につきまとうようになった年上の女に心底うんざりするようになったのだ。彼のなかでは、聡明で美しい憧れの女神は地におちて、ただの口うるさい中年女になってしまったのさ。

そして、結局、彼は生涯の伴侶には、不動産会社の社長を父親にもつ、ピチピチした女子大生の方を選んだのだ。ま、男なら、当然の選択だと思うがね……」

「和久という作家が女性編集者を絞め殺してしまった背景には、そういうドロドロした男女関係があったというわけね」

「そういうこと。執筆のために軽井沢の別荘にこもっていたらしい和久が何故赤坂にある彼女のマンションに出向いたのかは分からない。虎穴に自らすすんで入ったとは思えないから、おおかた、女に呼び出されたのだろう。そこで、女子大生との婚約のことで、思わずブッ殺したくなるような厭味でも言われたに違いない」

「第一の殺人の動機に関しては納得が行くわね。痴情関係のもつれっていうやつね。よくある話だわ」

「そうなんだよ。第二の殺人についても、動機は明々白々だ。復讐。この一言に尽きる。殺された女が犯人に復讐したとしか考えられない。恨み骨髄、死んでも死に切れなかったんだろう。だから生き返っちゃったんだ。

まったくさ、この殺人事件ときたら、何もかもが分かっているんだ。分からないことは何もない。犯人も最初から分かっているし、凶器もすぐに見付かった。殺人の動機も判明したし、犯行場所や犯行方法が分からないわけでもない。

この事件には謎なんか何ひとつないんだ。これほど謎のない事件も珍しいくらいだ。何もかもが白日のもとにさらされている」

「たった一つのことを除いてはね」

若い連れがボソリと言った。

「そうなんだ。たった一つのこと。言い換えれば、首を絞められて窒息し、心臓が止まり、死斑が浮かび、角膜が濁り、既に死後硬直がはじまっていたらしい完璧な死体が、八時間ほどして生き返って、東京から軽井沢まではるばる出掛けて行って殺人を犯すことができるのかという、ササヤカな謎を除いては……」

4

「これがホラー映画だとでもいうなら不思議はないんだけどね。ゾンビが犯人だなんて日常茶飯事だ。犯人どころか、刑事までゾンビだったりする。しかし、これが現実に起きた事件だとすると——」

「僕はですね」

それまで黙りがちだった若い男がおずおずと口を開いた。

「どう考えても、女ゾンビが犯人だなんて思えないんですよね」

「誰だって思えないさ。しかし、情況証拠はすべて、女ゾンビが犯人だと——」

先輩が言いかけると、後輩は手で遮った。

「そうでしょうか？　そりゃ、一見、そう見えるけれど。でも、ひとつ不審な点がありますよ」

「不審な点はひとつどころじゃない」

「女ゾンビがどうやって赤坂から軽井沢まで行ったかという点です。マンションの住人に目撃されたのが十一日の零時半頃だとすれば、列車という線は考えられませんよね。最終は上野発十一時五十八分だから。車という線もおかしいです。だって、新宮涼子は車を持っていなかったそうですし、運転も出来なかったようですから。どうやって、軽井沢まで行ったんでしょう?」

「空でも飛んでったんじゃないのか」

「ゾンビって空飛べるんですか」

「あまり聞いたことないな」

「空を飛べるのは吸血鬼ですよ」

「そうだったな」

「別荘付近でゾンビを目撃した老夫婦の話だと、変なところに白い車が停まっていたということでしたね。もしかしたら、その車で犯人はやって来たんじゃないでしょうか。事件が発覚して、警察が捜査を開始した頃には白い車なんて付近になかったそうですから」

「犯人は他にいるということ?」

ママが煙草をくわえたまま尋ねる。

「そう考えるのが、一番妥当な線だと思います。まさか、和久龍一があんな奇怪なやり方で自殺したとは思えませんから」

「自殺の動機はあるにしても、東京から軽井沢までわざわざ死体を運んで、まるでゾンビに殺されたような偽装をする理由がない。自殺だとしたら、気が狂っていたとしか思えないな」

と、先輩。

「この事件には、真犯人ともいうべき、第三の人物が必ず存在しているはずです」

「新宮を殺したのは和久だとしても、和久を殺したのは新宮じゃないっていうんだな？別の人物だと？」

「そうです」

後輩作家は自信ありげに頷いた。

「つまりだな、和久が新宮を殺したことを知った何者かが、新宮の死体を車で別荘まで運び、和久を刺し殺し、何を思ったか、さも死体が蘇って、和久に復讐したかのように偽装したというんだな？」

「あ、いや、ちょっと——」

後輩は何か言いかけたが、すぐにママが口をはさんだ。

「でも、どうして、そんな手のこんだことをしなければならなかったの？　東京のマンションから死体を運び出すだけでも大変な苦労でしょうに」

「そうだよ。それに、和久の婚約者が別荘を訪れたとき、別荘のドアも窓も全部鍵がかかっていたのだ。トイレの窓だけは開いていたが、外から鉄格子がはまっていた。真犯人がいたとしたらどうやって――」

先輩が言った。

「別荘の玄関のドアは内鍵がかかっていたんですか」

後輩が即座に聞き返す。

「内鍵はかかっていなかった。ただ、別荘の鍵は二つとも部屋のなかから見付かったというから――」

「だったら、完全密室とは言えませんね。三つめの合鍵があって、犯人がそれでドアを外から施錠して逃げたのではないと証明されない限りは」

「まあな」

「しかし、真犯人が別にいると考えた場合、最大の謎は、なんといっても犯人が東京のマンションから新宮涼子の死体をわざわざ運んであんな奇怪な偽装工作をした理由です。そして、被害者と揉み合ったとしか見えない新宮の死体の様子。破れた血染めのワンピースの方は後で着せ替えることができたとしても、死体の首についていた被害者の手形が問題なんです。これを犯人はどうやってつけることができたのか？　もし、トイレの窓に鉄格子がはまっていなければ、そこから中に入ってドアの鍵をはずし、新宮の死体をひきずってきて、和久の血染めの手形を首につけるという方法も考えられないこともないのですが、これはできなかった」

「待てよ」

先輩が慌てて遮った。

「もし真犯人がいるとしたら、それは女だということになるな。凶行時に新宮のワンピースを着ていたのだから」

「おそらくね。でも、女装趣味の小柄な男とか、ニューハーフという線も捨て切れないから、女とは断定しません。新宮涼子のドレスを着ることのできた人物としておきましょう」

「だが、その人物は和久を刺した時、なぜ他人の服など着ていたのだ？　あのパンダ模様のドレスは新宮が行き付けの洋服屋で作らせたもので、ちゃんとネームも入っていたらしいぞ？　安物のブラサガリだったら、たまたま同じ服を持っていたとも考えられるが」

「まあ、それはこっちに置いといて。とにかく、ドレスは新宮のものでしたが、着ていたのは別の人物だったんです」

「ということは、赤坂のマンションの住人や別荘の老夫婦が見た女というのは——？」

とママ。

「新宮じゃなかったんです。だって、彼女はその頃死亡中で動けなかったんですから。

別の人物だったんです。厚化粧で強い香水をつけていて、顔を半分覆い隠すような大きなサングラスをかけていたというのも、ゾンビが死んでいることを隠そうとしたんじゃなくて、たんに別人だったからなんです。いや、もっと言うと、別人が新宮に化けていたからです。

化粧を濃くしたのは、素顔をなるべく見せないためだろうし、サングラスをかけていたのも同じ理由です。香水に関しては、たんにその人物がきつい香りが好きだったからか、あるいは、新宮の香水びんを使うとき、扱いなれない他人の物だったので、うっかり体にかけすぎてしまったのかもしれません。それと、動きがギクシャクしていたというのは、サイズ的には着ることができても、やはり他人の衣服ではしっくりと身になじまないものです。まして、オーダーして作ったドレスなら、なおさら注文主の体の線に沿って作ってありますから、そのへんのなじまない感じが、目撃者の目には、ギクシャクしているように見えたのじゃないでしょうか。それと、足を引きずるようにして歩いていたのも、たまたま足を痛めていたか、あるいは、ハイヒールも新宮のを履いていたとすれば、他人の靴だから靴ずれでも起こして……」

「うむ。で、死体移動のことはどうなるのだ？　赤坂のマンションにあった死体を軽井沢の別荘に運ぶ。どうしてそんな手のこんだことをしなければならなかったんだ？」

「死体移動——ですか？」

「そうだよ。死体移動だ」

「問題はそこなんです」

「そうだ。問題はそこなんだ」

「東京から軽井沢まで、死体が運ばれたと考える根拠はなんですか」

「そりゃ、和久の手紙にそうあったからだ」

「東京で殺した死体を別荘まで運んだと？」

「何、いってるんだ。そうじゃない。運んだとはいってない。赤坂のマンションで殺したと書いてあったんだ。だが、新宮の死体は軽井沢の別荘で見付かった。死体が自分で歩いてきたんでないとしたら、誰かが運んだとしか考えられないじゃないか」

「いや、もうひとつ可能性は考えられますよ」

「なんだ？」

「死体移動なんてなかったという可能性です」

「なに？」

「新宮の死体は最初から軽井沢の別荘にあったんです。新宮涼子は別荘で殺されたんですよ。和久龍一に首を絞められて」

「じゃ、和久が姉あての手紙に嘘を書いたっていうのか？　本当は別荘で殺したのに、東京の女のマンションで殺したと。なんでそんな嘘を書く必要があるんだ？」

「そうじゃありません。和久龍一は嘘など書いていません。手紙に書いたことはすべて本当のことだと思います。にもかかわらず、新宮涼子の死体は別荘から一歩も出ていないんです」

「気でも狂ったのか。何をナンセンスなことを言ってるんだ」

先輩作家は腹をたてたように声をあらげた。

「配達されない一通の手紙ですよ」

後輩の謎のような一言に、先輩作家は口をぽかんと開けた。

「配達されない手紙？」

「ノーラ・ライトの悲劇です。彼女は夫の本の間から何を見付けましたか？　すべての悲劇のもとになった、彼女の思い違いとは何だったでしょうか？」

「ノーラ・ライトといえば、クイーンの『災厄の町』に出てくる――まさか！」

雨宮の目にはっと光が走った。

「気がつきましたか。ノーラの夫が妹にあてた手紙。配達されずにしまわれていた手紙。和久龍一が姉あてに書いた手紙もあれと同じようなものだったとしたら？」

「それじゃ、あの手紙は――」

「そうです。あれは新宮涼子が最初に殺されたときに、和久龍一によって書かれたものだったんですよ」

5

「最初に殺された？」

ママが眉をつりあげた。

「どういうこと？　それに、なんなのよ。そのノーラ・ライト云々というのは？」

「新宮涼子は和久龍一に二度殺されたんです。扼殺という同じ方法で。一度は、東京の自分のマンションで。そして、二度めが軽井沢の和久の別荘で」

「なんですって……」

ママの口からポロリと煙草が落ちた。

「和久が別荘を手にいれたのはいつ頃ですか？」

「たしか去年の夏頃とか聞いたな」

「だとすれば、新宮涼子が最初に殺された——というか、殺されかけたのは、去年の夏以降のことですね。書きかけの姉あての手紙が別荘の書斎から見付かったことを考えれば」

「そうか！　手紙にあった『昼間』とは、五月十日のことじゃなかったのか」

先輩作家が膝をたたいた。

「そうだと思います。和久龍一は以前に新宮涼子のマンションを訪ねたとき、口論になり、彼女の首を両手で絞めてしまった。口論の原因は例の婚約者のことじゃないでしょうか。たしか、和久が女子大生と付き合いはじめたのがその頃でしたよね。和久は新宮を殺してしまったと思い、軽井沢の別荘まで逃げてきた。そこで、姉あてに手紙を書いた。でも、それを投函する前に、殺したと思った新宮が生きていたことを知ったんじゃないでしょうか。新宮は首を絞められて気絶していただけで、あとで息を吹き返したに違いありません。

書きかけの手紙は破り捨てられずにそのまま書斎の机の引き出しにほうり込まれた。そして、今回の事件が起きるまでそこで眠っていたのです。今度は新宮が軽井沢の別荘に訪ねてきた。また口論にでもなったのか、和久は再び新宮の首を絞めた。そして、新宮涼子は今度こそ完全に息をひきとったのです」

「まあ」

ママが言葉もないというように言った。

「しかし、それは妙だな。一度殺されかけたというのに、なぜ新宮は今度は自分の方からノコノコ和久の別荘に出掛けて行ったんだ？」

「それはよく分かりませんが、もし、最初の殺人未遂事件と今回の事件との間に半年以上のブランクがあったとしたら、その間に二人は和解していたのかもしれません。またよりを戻していたのです。でも、一度ひび割れた関係はけっして元通りというわけにはいかなかった。それどころか、和久は女子大生との交際をひそかに続けていて、ついには婚約までしてしまった。それを知った新宮が頭に来て別荘まで乗り込んでいったとしたらどうでしょう？　彼女の部屋が物でも投げ散らしたように荒れていたというのも、誰かと争ったというよりも、彼女がヒステリーを起こして手当り次第に物を投げつけたせいだったのかもしれません。

そして、新宮涼子が一度和久に殺されかけたということが、もう一人の人物——つまり真犯人ですが——がこの事件に拘《かかわ》ってくる重要な伏線だったんです。

これは推理というよりも、想像の域を出ないものですが、和久に殺されかけた新宮は、そのことを表ざたにはしなかったものの、親しくしていたある人物にだけは打ち明けていたのではないでしょうか。一応よりは戻したものの、心のどこかで相手を信じ切ることはできなかった。また殺されるかもしれないという不安がどこかにあったとしたら？そこで、もし自分に何かあったら、和久龍一という男が犯人に違いないというようなことをその人物に知らせておいたとしたらどうでしょう？

その人物と新宮涼子の間には例えばこんな取り決めがあったのかもしれません。新宮はいつも決まった時間にその人物に連絡を入れる。その連絡が途絶えたときが、彼女の身に異変が起きたときだ、と。さらに、その人物は前もって、いざというときのために新宮のマンションの合鍵を預かっていた。

そして、ある日、新宮の連絡が途絶えた。その人物はさっそく新宮のマンションに行き、合鍵で中に入った。そして、彼女の一番目立つドレスを身につけた――」

「なんで、そこで新宮の服を着るのだ?」

「確かめるためですよ」

「確かめる?」

「約束の連絡が途絶えたということは、新宮の身に何か起きたということです。しかし何が起きたのかはまだ分からない。これも前もって二人の間で取り決められていたことかもしれません。その人物が新宮に化けて、和久の前に現れるのです。そのときの和久の反応の仕方で、和久が新宮を殺したかどうか分かりますし、もしそうだとしたら、再び殺したはずの女がまた生き返ったと思わせることで、和久に精神的な打撃を与えることができます。あるいは、小型のテープレコーダーでも身につけていって、和久の反応を録音して、犯罪の証拠にでもするつもりだったのかもしれません。

とにかく、その人物が新宮に化けた恰好で軽井沢まで出向いていったのは、こんな理由によるものではないでしょうか」

「そのとき、その人物は新宮が軽井沢で殺されていたことは知らなかったのか?」

「そこまでは知らなかったのだと思います。ただ、和久が別荘の方にいるということだけ何らかの方法で知ったのでしょう」

「そして、別荘に行ってみて、はじめて、そこで新宮の死体を発見した?」

「その人物は、和久が明け方まで仕事をする夜型の作家だったことを知っていた。そこで、ちょうど明け方に別荘に着くように車を走らせた。夜の明けかけた頃に別荘付近をうろついて、まだ起きているはずの和久に自分の姿を目撃させるつもりだった。そのために一番目立つドレスを選んだのでしょう。軽井沢に着いたその人物は途中で車を乗り捨て——新宮涼子は車の運転が出来なかったそうですから、別荘まで車で乗り付けると、車から降りる姿を和久に見られる恐れがあると思ったのかもしれません——林の中を歩いて行った。そして、別荘の周りを亡霊のごとく徘徊したあとで、応接間のガラス戸に近付いて中を覗きこんだ。和久を驚かしてやるつもりだったのが、驚いたことに、応接間では、当の作家がせっせと新宮涼子の死体から衣服を剝がしているところだった——」

「衣服を剝ぎ取る?」

「どこかに埋めるとしたら、身元を分かりにくくするために被害者を裸にするのは殺人者としての常識ですよ」

「ふーむ。どっちもさぞかしビックリしただろうな。ガラス戸を挟んでお互いにのけぞったに違いない。それで、そんな現場を目撃して、その人物は親友を殺した男に突然復讐する気になったというのか？」

「凶器が応接間にあったナイフであることからして、それも考えられます。しかし——」

と、若い作家は何か言いかけて、思い直したように続けた。

「まあ、とりあえず、その人物は中に入った。思いもかけない所を見られてしまった和久がその人物を懐柔するつもりで中に入れたのかもしれません。そこで二人の間に何かが起こった。その人物は手近にあった果物ナイフをつかんで和久龍一を襲った。和久は少しは抵抗したものの、これ以上揉み合うのはかえって危険と思い、トイレに逃げ込み、鍵をかけた。このときの和久の心理は非常に複雑だったと思いますね。彼がたんなる被害者だったら、もっと助かるために積極的な方法を取っていたと思います。しかし、彼は編集者を殺した加害者でもあったのです。しかも、死体はすぐそこにあった。そのへんのところが、トイレに逃げ込んで、とりあえず犯人の襲撃を避けるという消極的な方法しか取らせなかったのでしょう。たとえ、応接間に電話が置いてあったとしても、それで、警察を呼んだかどうかは怪しいところです。

そして、そのことは犯人も知っていた。犯人はいったん玄関から外に出て、トイレの窓から中の様子をうかがった。玄関に残っていたという血染めのスリッパの足跡はこのときについたんです。

トイレの窓から覗いて、犯人は、和久が壁に最後の力をふりしぼって、ダイイング・

メッセージを遺していたことを知ったのです。その血文字は犯人の特徴を示す危険なものだった。しかし、中には入れないから、その文字を消すことはできない——」

「ちょっと待てよ」

先輩作家がくちばしを入れた。

「おまえの推理だと、女ゾンビが犯人ではなかったんだろう？　ちゃんと生きた人間が真犯人なんだろう？　でも、和久が遺した言葉は、『イケルシカバネ』だったんだぜ？　それがどうしてダイイング・メッセージになるんだ？」

「なるんですよ。それは犯人にとっては致命的なダイイング・メッセージだったんです。和久は自分を襲った犯人の名前を知らなかったんです。知っていたら、その人物の名前を書いていたでしょう。でも、その人物の特徴を表すことをひとつだけ知っていた。それが、『イケルシカバネ』という言葉だったんです」

「どうも分からんな。ママ、こいつの言ってることが分かるか？」

先輩作家は頭を掻きながら言った。

「さあね」

ママは、本当に八百年も生きているんじゃないかと思わせるような、しわがれた声で答えた。

「じゃ、こう言い直しましょうか。和久は犯人の名前を知らなかった。でも、その人物の顔は知っていた、というか、思い出したんです。その人物が、『生ける屍』という変わった名前の店を経営していたことを」

6

「なに――」

中年作家は椅子から転げ落ちそうになった。

「じゃ、なんだ。真犯人というのは、まさか、ここの――？」

そう言いながらカウンターの中を見た。誰もいなかった。ママはまた口から落とした煙草を拾おうと身をかがめていたのだ。

「僕の推理だとそういうことになってしまうんです。他に、『イケルシカバネ』の意味は思いつけませんから」

若い作家は気の毒そうに言った。

「ママはさっき、和久龍一なんて知らないって言いましたよね？」

ママは答えなかった。

「それは嘘です。あなたは和久のことも新宮のことも知っていたんです。二人ともこの店に一度くらいは来たことがあったと考えてもおかしくありません。だって、この店は作家や絵かきの常連が多いっていう話ですから。

あなたは客として来た新宮涼子と意気投合したんじゃないですか？ 年齢的に見ても近いようだし、僕の知っている限りでは、新宮とあなたはどこか雰囲気が似ています。お互い、ひと目見てシンパシーを感じあったんじゃないでしょうか。あなたと新宮はたんに店のオーナーと客というだけではない、友人付き合いがあったのです。

そして、ある日、その友人からあなたは驚くべきことを打ち明けられた。七年も付き合っていた男が若い女に気持ちを移し、あげくの果てに邪魔になった彼女を殺そうとしたという話です。

同じ女として、あなたは新宮涼子にいたく同情し、相手の男に腹をたてたに違いありません。それで、あなたは彼女のために一肌脱ぐことにした。そして、文字どおり、脱いだのです。血染めのドレスをね。

さっきの話に戻しますと、あなたはトイレの窓から見て、和久龍一がダイイング・メッセージを遺したことを知ったのです。あなたの名前を知らなかった和久が店の名前を書いたことを。あなたはうろたえた。変わった店名だから、これを見れば、誰かがあなたの店のことを連想するでしょう。まして、この店が物好きな作家や画家たちのたまり場だと知れれば、和久龍一という人気作家とあなたとのつながりがすぐに警察に分かってしまいます。

しかし、血文字を消すことはできない。そこで、あなたは考えた。店名を示していた『イケルシカバネ』という言葉の意味を何か別のものにすり替えてしまう手はないものかと。そのとき、おあつらえむきに、新宮涼子の死体があることに気が付いたのです。この死体が生き返ったように偽装できれば、和久の遺したメッセージの意味をあなたの店からそらすことができるのではないかと考えたのです。

それだけじゃない。あなたが和久を刺してしまったのは、計画的なものではなかったことはさっき言いましたよね。突発的な犯行だった。だから、あなたは着替えを持ってきてはいなかった。血染めの服のまま別荘から逃げることはできない。しかし、幸いなことに、新宮の着ていた服がそこにあった。あなたは血に染まったドレスを脱ぎ、それを死体に着せた。そのかわり、死体が着ていた服を着たのです。

あなたが血まみれのドレスを死体に着せたのは、逃亡のためと、ダイイング・メッセージの本当の意味をごまかすためという、いわば一石二鳥の目的があったわけです。

あなたは血染めのドレスを死体に着せ、凶器のナイフの柄をいったん拭いてから、再び被害者の血と新宮涼子の指紋をつけたのです。そして、新宮の死体を応接間のソファに座らせ、あなたが履いていた血染めのスリッパを死体の足に履かせ、凶器を足元に置いたのです。

さらに、死体に死化粧をほどこしました。これは友人へのせめてものはなむけのつもりだったのか、あるいは、赤坂のマンションのロビーでそこの住人と出会ってしまったとき、あなたが厚化粧をしていたので、つじつまを合わせるためにそうしたのか、とにかく、手近にあった化粧品を使って——化粧品はあなたがハンドバッグに入れて持ってきたか、新宮涼子が和久の別荘を訪ねたときに持参してきたか、どちらかです。

そして、すべての偽装工作を終えると、あなたは三つめの合鍵を使ってドアを施錠し、別荘から逃げたというわけです。三つめの合鍵については、僕の想像では、新宮涼子が持っていたものだと思いますね。まだ腐れ縁は続いていたわけだから、和久の別荘の合鍵を作って持っていたとしてもおかしくはないでしょう。

あなたとしては軽井沢で殺された死体が蘇ったように偽装するだけのつもりだったことが、そのあとで、和久龍一が以前に書いた姉あての手紙なんかが発見されたもんだから、話がややこしくなってしまったんです。新宮の死体がまるで東京からわざわざやって来たような奇怪な状況に——」

「待った」

先輩作家から何度目かのストップがかかった。

「おまえ、ひとつ、肝心なことを忘れているぞ」

鬼の首でも取ったような勝ち誇った顔だ。

「なんですか」

「新宮の首についていた和久の手形のことはどうなるんだ？　トイレに籠城した和久の血染めの手形をどうやって死体の首につけることができたんだ？」

「ああ、そのことですか」

後輩はこともなげに頷いた。

「あの首の手形は、和久がトイレに籠城した後でつけたと考えると、一見不可能のように見えますが、和久がトイレに籠城する前に既に死体についていたと考えれば謎は解けますよ」

「ついていた？」

「あれは、わざとつけたのではなくて、うっかりついてしまったものだったんです。ママが果物ナイフで和久に襲い掛かったとき、そばには新宮の死体があったに違いありません。たぶん、衣類を半ば脱がされた恰好でソファに横たわっていたか、腰掛けていたんでしょう。刺された和久は右手でママの洋服をつかんで破き、その反動か何かでよろめいたのです。ソファに倒れかかる体をとっさに左手で支えようとした。そのときに新宮の死体の上にうっかり手をついてしまったんです。ちょうど死体の首のあたりに」

「………」

「いわばあの手形は偶然ついたものだったんです。それを犯人がうまく偽装工作に利用しただけのことです」

若い作家が話している間中、ママは黙っていた。しかし、ややつり気味の目がヒステリーを起こす直前のように妖しく光っている。

「それから、アリバイですが、たぶんないと思います。だって、さっき、あなたはこの一週間、風邪をひいて家に閉じこもっていたと言いましたから。

それと、さっき言いそびれたのですが、あなたが和久を刺した理由ですが、ひょっとしたら、新宮涼子のこととは関係ない、個人的な恨みからだったんじゃないですか」

「ママの個人的な恨み？」

と、先輩。

「和久がツケをためていたとか？」

「そんなことじゃありません。もっと女性ならではの深い怨恨ですよ。新宮女史に化けて和久龍一の前に現れたのは、彼女と最初から打ち合わせておいたことでしょう。でも、和久を驚かせ、殺人の証拠をつかむだけで、殺すことまで考えてはいなかった。しかし、軽井沢の別荘で和久と会ったあなたの中に大きな心境の変化、つまり突発的な殺意が生まれたのです。なぜなら和久龍一というペンネームを名乗っている人気作家が、昔、あなたの人生に大きな傷を残した男と同一人物だったことをあなたが知ったからです」

「そりゃ、どういう意味だ？」

「さっき、先輩が言ったじゃありませんか。このママは心中の生き残りだって。それで生ける屍のようになってしまったんだって。ママが若い頃に、心中した相手というのが、なんと和久龍一だったんですよ」

「え、そりゃ本当か？」

「本当かどうかはまだ分かりませんが……。今の段階では、その、推理というより、僕の想像ですが」

「それにしても思い切った想像だな。でも変じゃないか。ママの心中相手は死んでしまったんだぞ。その相手が和久だったとしたら、ゾンビだったのは、新宮ではなくて、和久龍一の方だったということになるではないか」

「そうじゃありませんよ。心中相手は本当は死んでなんかいなかったんです。相手が死んだというのは、ママのプライドが言わせた嘘だったんです。本当は相手は死んだんじゃなくて、逃げてしまったんじゃないでしょうか。その方が現実にはありそうな話のような気がしますが。

　和久龍一はミステリーを書く前は、純文学をしてたってことでしたよね。郷里で同人誌をやっていたときに、やはり文学少女だったママと知り合ったんじゃないでしょうか。二人は恋に落ち、なにゆえか、心中まで思い詰めた。しかし、本気で死ぬ気だったのは、ママの方だけで、男の方は土壇場で死ぬのが厭になった。それで、薬を飲む振りだけして、眠っている相手を残してこっそり立ち去ってしまったんです。まともに薬を飲んで、生死をさまよったあげくに生き返ったママは、相手がとっくにトンズラしていたことを知って強いショックを受けた。これは相手に死なれたよりもショックだったと思いますね。ロマンもへったくれもありませんから。

そして、恋人に裏切られた文学少女はその日から生ける屍になった。ところが、二人の因縁はそれだけでは終わらなかった。何十年かがたって、思いがけない形で再会したのです。ママの方は生ける屍のようにヒッソリと暮らしてきたというのに、相手の方は今や作家として成功し、サンサンと陽のあたる道を歩いている。それを知ったママは思わず手近にあった果物ナイフをつかんでしまった――」

「あいや待て。それはおかしい。もし、和久がママの心中相手だったら、当然、ママの本名を知っていたはずだろう？　だとしたら、ダイイング・メッセージに本名を書くはずじゃないか？」

先輩作家はあくまでも抵抗した。

「あ、そうか。でも、こういう考え方もできますよ。つまりですね、ママと和久が最初に店で再会したときは、お互いに相手のことに気が付かなかった。二十年近くたっているのですから、顔も変わってるだろうし、気が付かなかったとしても無理はありません。しかし、別荘に行ってはじめて、ママの方は和久龍一と名乗っている男が誰なのか気がついた。ところが、和久の方はまだママのことを思い出せなかった。ハッキリ言ってしまえば死ぬまで思い出せなかったんです。せいぜい変わった名前の店のママとしか思い出せなかったとしたらどうでしょう？　過去に出会った女のことなんか沢山いすぎて、いちいち覚えてはいなかったんでしょう。そのことがよけいママの怒りに拍車をかけたとしたら？」

「ああ、なるほどね。それはおおいにありうるな」

「とまあ、こんな推理をしてみたんですが、犯人として何か反論はありませんか」

ママの無気味な沈黙の前に、若い作家は、いささか不安そうな面持ちで尋ねた。

ママは咳払いをしてから、バーベルでも持ち上げるような大儀そうな顔でやっと口を開いた。

「反論は別にないわ。でも、質問ならあるわ」

「なんなりと。どんなことでも答える用意はできています」

「あんた、どっかで頭でも打ったんじゃない？」

「は？」

「さっきから黙って聞いていればいい気になって。頭のどこをどう打ったら、そういう突拍子もないことを思いつけるのよ？」

「あのう、僕は別に」

どこかで打ったかなと思い出すように、若い作家は頭を撫でた。

「呆れてものも言えないわ。何が悲しくて、このわたしが知りもしない作家だとか、編集者だとかのために軽井沢くんだりまで出掛けて行かなくちゃならないのよ？　五月十日と十一日っていえば、四十一度という記録的な高熱にウンウン唸っていたのよ？」

「だから、それは……」

ママの見幕にたじたじとして若い作家は口ごもった。

「それに、なんですって。若い頃、わたしが心中相手に逃げられたですって。このわたしが？　わたしの方が逃げたというならともかく、相手に逃げられるなんて。そんなありえないことが起こると思ってるの？　このわたしがそんなマヌケに見えるっていうの？　頭出しなさいよ」

「あ、頭出してどうするんですか」

「これでぶん殴ってやるのよ。そうしたら、正気に戻るかもよ」

ママはウイスキーのびんをつかんだ。

新人作家はわっと椅子から飛びのいた。

「そ、そんなことしたら、今度こそ殺人の現行犯でつかまっちゃうからねっ」

「ふん。刑務所暮らしも気分転換になっていいわ」

ママはウイスキーのびんをぶらさげて、カウンターの外に出てこようとした。

「せ、先輩。止めてくださいよ。目の色が本気だ」

「およしなさい。まだ中身が入ってるのに。もったいない」

先輩作家が耳くそをほじくりながら声をかけると、ママははっと我にかえって、ウイスキーボトルから手を離した。

「なんて止め方をするんですか」

憤慨しながら、新人作家はまだ壁にへばりついていた。

「何が推理よ。あんたのヘボ推理なんかアッと言う間に粉砕してあげるわ。ドミノ倒しより簡単だわよ。あんたの推理によると、真犯人は車を持っていて運転の出来る人間ってことだったわよね？」

「ええ、それもおそらく白い車で……」

「おあいにくさま。わたしは車の運転なんかできないわ。自慢じゃないけど、生まれてこのかた運転したことがあるのは三輪車だけだわ。言うまでもなく、白い車なんて持ってないわよ」

「え――」

若い作家は新築のマイホームが強風で跡形もなく吹き飛ばされたことを知らされた男のような顔をした。

「ははは。こりゃ、傑作だ。ほんとにアッと言う間に粉砕されたな」

先輩が笑った。

「まったくバカ話を聞いてたら頭痛がしてきたわ。もう帰ってくれない？　今度こそ本当に店じまいにします」

ママは不機嫌な顔でこめかみのあたりを指でもみながら言った。

「まあまあ。機嫌直してよ。今までの話はあくまでも新米作家の迷推理にすぎないんだから。ママが犯人だなんて、最初から思ってないよ。まだ追い出さないでくれよ（と言って腕時計を眺め）そろそろ編集者が来る頃――のはずだが、ばかに遅いなあ」

中年作家は首をかしげ、そう呟いた。

「帰れったら帰るのよ。ぐずぐずしてるとたたき出すよ」

ママが腕まくりして凄んだ。

「わ、わかった。帰ります。帰ります。帰りゃいいんでしょ」

中年作家は慌てて腰を浮かした。もう一度腕時計を眺め、

「しょうがないな」

と、舌打ちすると、

「原稿おいてくからさ、K社の編集者が来たら渡してよ」

そう念を押して、カウンターからさっと飛びのいた。若い方はとっくに外に避難していた。

「まだ雨、降ってますよ」

「ちぇっ。さっきよりひどくなってやがる」

二人のぼやく声が閉めかけたドアごしに聞こえてきた。

「ここのママが犯人でないとすると、あれは、やっぱりゾンビの仕業だったんでしょうかね」

「ゾンビも空を飛べるのかもしれんな」

「それにしても、なんだか厭《いや》な晩ですねえ。変にじめじめと蒸し暑くて……」

「死体が蘇ってうろつくとしたらこんな晩かもしれないな……」

「ブルル。先輩、早く帰りましょう」

「こんな晩は一人ではいたくないもんだな……」

二人の話し声が小さくなり、やがて何も聞こえなくなった。あとは降りしきる雨の音だけである。

ママはカウンターを出ると、客が来るまで座っていた止まり木に腰かけ、据わった目で壁を見詰めながら、また煙草をふかしはじめた。

雨の音は単調に続いていた。

一人になってみると、夜の静けさが骨の髄まで染み込んでくるようだ。

「馬鹿馬鹿しい。何がゾンビよ。ゾンビなんているわけないじゃないの。B級ホラーの産物だわよ」

自分でもぎょっとするような大声で独り言をいうと、つけたばかりの煙草を揉み消した。

「さて、後片付けして帰ろうっと」

また大声で言うと、カウンターの中に入って、水道の蛇口をひねった。ジャーと殊更に水音をたてて洗い物をはじめた。しばらく俯《うつむ》いてグラスを洗っていたが、ふと強い香水の香りを嗅いだような気がして、ひょいと顔をあげた。

いつの間に入ってきたのか、目の前には、ずぶ濡れの黒いコートを着た中年の女が立っていた。

7

女は直立不動の姿勢で両手をだらりとさげて立っていた。ボタボタとレインコートの裾から雨の滴が滴り落ちて、床に黒い染みを作っている。

蒸し暑い夜だというのに、コートの襟を寒そうに立て、濡れた髪が蒼白とも言える顔に海藻のようにペタリとへばりついていた。大きな黒いサングラスが顔半分を覆い隠し、血でも塗りたくったような真っ赤な唇をしていた。

強い香水の香りに混じって腐敗した土のような臭いがあたりに漂い……。

「で、出た——」

ママは思わずアイスピックを握り締め、上ずった声をあげた。

「ゲ……」

女はあまり口を動かさずに低い声を発した。

そして、どことなくロボットのような動きで狭い店内を見回した。サングラスで覆われてはいたが、女の視線がカウンターの上の茶封筒の上で止まったように見えた。

「ンコウ……」

「ゲンコウ？」

ママははっとした。おそるおそる尋ねる。

「もしかして、あなた、K社の人？」

女は黙って頷いた。

「なんだ……。おどかさないでよ」

ママはほっとして握り締めていたアイスピックを手離した。

「雨宮さんの原稿を取りにきたのね？」

女はまた頷く。

「そこにあるわよ」

あごで茶封筒を示すと、女はカウンターに足をひきずるようにして近付き、封筒の中身を改め、やっと安心したような表情になった。

「さっきまで若いのと一緒にいたんだけど、たたき出してやったのよ」

K社という出版社も変わったタイプの編集者を雇っているものだと思いながら、ママは女客をジロジロと見た。

「たたき出した？」

女性編集者は問い返した。

「あんまりふざけたこと言うからね」

「ふざけたことって？」

「ほら、一週間前に和久龍一とかいう人気作家が軽井沢の別荘で殺されたって事件があったでしょう？　その犯人がこのわたしだなんて言い出すのよ。ばかばかしいったらありゃしない」

「和久龍一？」

「なんでも去年、大衆文学賞を取ったミステリー作家だそうね？　それが元編集者のゾンビに殺されたとかで、巷《ちまた》じゃ大騒ぎになってるそうじゃないの。わたしは和久なんて作家聞いたこともないけど――あら、どうしたのよ？」

ママはキョトンとして客の顔を見た。

客がいきなり笑い出したからだ。ククククと、やや陰にこもった音をたてて。

「何、笑ってるのよ？」

「聞いたこともないはずですわ」

女性編集者はやっと笑うのをやめた。そして、笑い顔が元に戻らないとでもいうように、手で顔を直した。

「和久龍一なんて作家いませんもの」

「え？」

ママの目が点になった。

「和久龍一というのは、雨宮センセイの小説のなかの登場人物なんです。現実にそんな名前の作家なんていませんわ」

「いない？」

「ええ。いません。架空の人物なんです」

「ウソーッ」

「ママさんが聞いたのは、全部、小説のなかの出来事なんですよ。雨宮センセイの今度の小説。人気作家が女性編集者のゾンビに殺されるって話なんです。ほら、これをお読みになって」

編集者は茶封筒を差し出した。ママはそれをひったくると、原稿を取り出した。

「タイトル・生ける屍の殺人。五月十一日、午前零時半頃。赤坂の、とあるマンションの人気の絶えたロビーで、フリーカメラマンの川崎幸男はいらいらしながらエレベーターが降りてくるのを待っていた——」

ママはそこまでワープロ原稿を声に出して読むと、

「なに、これ？」

と、狐につままれたような表情で女客を見た。

「だから、小説なんです。雨宮センセイ、ママさんが新聞もテレビも見ないことを知って、ご自分の小説のストーリーを現実にあったことのように話したんですよ」

「でも、もう一人、後輩とかいう若いのもいたのよ？」

ママはうろたえながら言った。

「小西君でしょう。二人ともグルだったんです。あの二人、いつも掛け合い漫才みたいなことやっては、人をひっかけて楽しんでるんです。仕事してるよりもそういうことしてる時間の方が多いくらい。作家で食べていけなくなったら、『売れないライターズ』って名前でコンビ組んでテレビに出るんですって。そう言えば、いつだったか、あの無感動なママをびっくりさせてやりたいって言ってましたから、二人で共謀してママを騙《だま》したんですわ」

「くそ。そういうことだったのか。まんまとやられたわ」

ママが怒りのあまり原稿をひねり潰しそうになったので、編集者は慌てて取り戻した。

「それじゃ、新宮涼子とかいう女ゾンビも架空の人物だったのね。そうとも知らず、彼女の境遇に同情しかけたのよ。二度も殺されるなんて、なんてついてない女性だろうって」

「あ、それは実在の人物ですわ」

今度は女客の方がうろたえたように言う。

「え。新宮の方は本当にいるの？」

「ええ。申し遅れましたけど、わたし、こういう者ですの」

女性編集者はハンドバッグから名刺を取り出して渡した。そこには、K社、編集部、新宮涼子とあった。

「あなたが？」

ママは名刺と女客の顔を見比べた。

「わたしですの。雨宮センセイってホント、悪趣味なんです。いくら小説でもゾンビの役なんてゾッとしないからやめてくれって言ったのに」

雨の中を歩いてきて寒気でもするのか、ブルッと身震いして、新宮涼子はコートの襟を掻き寄せた。

「和久の方は架空で、新宮の方は実在したのね。なんだか頭がこんぐらかってきたわ」

ママはやけくそのように言って、またこめかみのあたりを揉みはじめた。

「三日前に雨宮センセイから電話をいただいて、頼まれていた原稿ができたから、ここまで取りにきて欲しいって言われたんです。場所といい時間といい、なんだか変だなあと思ったんですけど、あのセンセイ、ちょっと変わり者で有名ですし、今度の企画にどうしてもセンセイの原稿が欲しかったんで、しぶしぶ引き受けたんです。でもこれで読めたわ。ママさんを驚かすために、雨宮センセイがたくらんだことだったんですね」

「そうか。その厚化粧もサングラスも雨宮さんの指示通りってわけなのね？」

「え？　ええ、まあ。あんな話をしたあとで、わたしがゾンビみたいな恰好をして入って行ったら、さすがのママさんも少しは驚くだろうって——」

編集者は申し訳なさそうに口ごもった。

「そうしたら手を打って喜ぼうという魂胆だったのね。なんて奴らだろう。たたき出してやってよかったわ。でも、正直いうと、あなたがそんな恰好でヌッと立ってるのを見たときは寿命が縮んだわよ。本物のゾンビかと思って」

「ごめんなさい。こんな悪趣味なことしたくなかったんですけど……。協力してくれなければ原稿は渡さないなんて脅かされて」

編集者は恥ずかしそうに俯いた。

「そこが宮仕えのつらいとこよね。まったく雨宮さんて、とんでもない人ね。今度きたらとっちめてやらなくちゃ」

ママは両手の指を全部鳴らしてみせてから女客に言った。

「ところで、もうサングラスはずしてくれない？　どこ見てるんだか分からなくて落ち着かないわ」

「ええ、でも、これ、実をいうとセンセイに言われたからかけてきたんじゃないんです。昨日の夜、ささいなことでカレと喧嘩してしまって、そのときに——」

編集者は消え入りそうな声でそう答えて、サングラスを手で押えた。

「ははん、目の周りに痣《あざ》でも出来てるってわけなのね」

「みっともないから今日は会社休んだんです。本当はこんな顔で外に出たくなかったんですけど、雨宮センセイの原稿だけは取りに行かなければって思って——」

「職務熱心でけっこうだわ。それにしても女を殴るなんて、おたくのカレ氏、最低ね。大きなお世話かもしれないけど、そんな男とは早く別れた方がいいわ。ろくなことないわよ」

「おっしゃる通りですわ。ほんとにろくなことないんです。この顔見てください。殴るだけならまだしも——」

編集者はサングラスをゆっくりとはずした。

そして、角膜の濁りはじめた目でじっとママを見詰めた。

「絞め殺すんですもの」

黒白の反転

た。

顫《ふる》えるような声でダミアが「暗い日曜日」を歌い終えたとき、遠くで雷の鳴る音がした。

このぶんだと雨になるかもしれない。

アームチェアーに凭《もた》れて目を閉じる。レコードの針が元に戻る幽《かす》かな軋みを聴きながら、由比ヶ浜を真っ白に煙らせて降りしきる驟雨《しゅうう》の様を想い浮かべた。烈しい夏の雨のイメージは、口のなかにミントでも含んだような爽快な気分にしてくれる。

今は何時だろう。この部屋には時計がない。腕時計もしていない。

でも、もうすこし待てば、階下のサロンの置き時計がチャイムの音色で時刻を教えてくれる。あれは、十五分おきにウエストミンスター寺院の鐘の音と同じ音色で刻を告げてくれるのだ。

だから、ここでこうして目をつぶっていても、あの音色に耳さえすませていれば正確な時刻を知ることができる。

ほら、チャイムが鳴り出した。聴きなれた音色に耳を傾ける。ファソラファ……ラファソド。水晶の珠を打ち鳴らすような響きで、チャイムは三十分を告げていた。十五分、三十分、四十五分の違いはそれぞれ音階の違いで区別できる。

二時の時報を聴いたばかりだから、今はちょうど二時半ということになる。そろそろ、あの子たちのやってくる頃だ……。

ドアが乱暴にノックされた。わたしは思わず飛び上がりそうになった。その拍子にウールの膝掛けが滑り落ちた。

妹だ。

いくら注意しても久代はこの殴りつけるようなノックの仕方を改めようとはしない。こんな音が、わたしの研ぎ澄まされた聴覚をどれほど刺激するか、知らない筈はないだろうに。ひょっとすると、妹はこんな形でわたしに「復讐」しようとしているのかもしれない。むろん、無意識の裡《うち》にだろうが。

「お入り」

妹は無言で入ってきた。

「もう少し静かにノックできないの？　耳は遠くないのよ」

「あら、ごめんなさい」

落ちていた膝掛けでわたしの膝を手荒にくるんだ。痛風の気があるわたしの脚は夏でも膝掛けが手放せない。かがみこんだ妹の身体からプンと膏薬の臭いがした。

「雨になりそうね」

そう云うと、妹は何かに腹をたてているような素っ気なさで「そうね」と応えた。

何を怒っているのかは、おおよそ見当がつく。

「三時って云ったかしら。あの子たちが来るのは」

「ほんとうに泊めるつもり？　話だけして帰せばいいじゃないの」

久代は不服そうな声音で云った。やはり妹はあのことに腹をたてていたのだ。

「だいたい素性もろくに知らない者を五人もうちに泊めるなんて、どういう気まぐれなのよ」

「素性は分かっているわ。東京の私立大学の学生で『邦画研究会』というサークルのメンバーだってこと」

「それだけでしょ、分かっているのは」

久代は大きなクシャミをした。

「そんなに疑うなら、学生証でも見せて貰ったらいい」

「そんなもの見たって。性格の良しあしまで書いちゃないでしょ。それにしても、どうしてうちの電話番号が分かったのかしら。電話帳にも載せてないのに」

「蛇の道は蛇というやつでしょう」

わたしは含み笑いをした。

「とにかく用心するに越したことはないわ。このうちには姉さんと私しかいないんだから。年寄りふたりだと思って何をするかしれたもんじゃない」

「おまえも人嫌いになったもんだね。子供の頃はあんなに人なつっこかったのに」

子供の頃、よく撮影所に遊びに来てはスタッフに可愛がられていた妹の笑顔が今でも瞼に浮かぶ。久代は愛嬌があって誰からも愛される子だった。それが何時《いつ》からこんな風になってしまったのだろう。こんな老嬢の典型のような女に。

「そりゃそうよ。人嫌いで有名な峰夏子の世話を四十年もしてきたんだもの」

妹の声には棘があった。自分の半生をわたしのために犠牲にされたと思っているのだ。確かにわたしは妹の人生を台なしにしてしまった。妹が考えているのとは別の意味で……。

ふいに窓硝子《ガラス》がポツポツと鳴った。

「降ってきたわ」

久代は暗い声で呟いた。そして独り言のように云った。

「かれらに分からないかしら？」

妹が何を心配しているのかすぐに分かった。

「分かりはしないわ」

わたしは確信をもってそう応えた。そう、彼らに分かりはしない……。

「だったらいいけど」

妹はそう云い残すと、スリッパの音をたてて部屋を出て行った。

わたしはアームチェアーから立ち上がると、近くの小簞笥の一番上の抽斗《ひきだし》をあけて、ケースに入った鼈甲《べっこう》ぶちの眼鏡を取り出した。この眼鏡をかけるのは何年振りのことだろう。

あの青年。突然電話をかけてきて深沢と名乗った学生。声があの人に似ていた。姿かたちも似ているだろうか……。

わたしはふと両手で頰を撫でてみた。容赦のない老いを掌に感じて目を閉じた。

かれらを、いやあの青年を邸に招いたのは軽率だったかもしれない……。

そのとき、玄関のチャイムが鳴り響いた。

1

「あれじゃない？」

私は並んで歩いていた深沢明夫にそう言って、木立の陰から見え隠れしている青い屋根の瀟洒《しょうしゃ》な洋館を指さした。

その指先に雨粒があたった。思わず空を見上げる。

「降ってきたわ」

白い石畳が見る見るうちに黒い染みに覆われていく。深沢明夫は舌打ちして、メタルフレームの眼鏡を指で押しあげると、後ろを振り返り、苛立たしげな声でどなった。

「おい、早く歩けよ。降って来たじゃないか」

私たちのはるか後ろを、安達かほるを挟んでじゃれあいながら歩いていた熊谷雅人と辻井由之が口々に何か叫びながら駆けてきた。

氷柱をたて連ねたような雨のなかを、私たちはひとかたまりになって、洋館のポーチになだれ込んだ。

深沢が玄関の呼び鈴を鳴らした。やや間があって、灰色の髪を後ろで無造作に束ねた六十年配の小柄な女性がドアをあけた。

夏だというのに分厚い毛糸のソックスをはいている。

フクロウみたいな鋭い目つきで私たちを品定めするようにサッと見渡した。

「あの、ぼくたち――」

その不機嫌そうな顔つきに気圧《けお》されて、深沢が口ごもると、年配の女性は口をへの字に曲げたまま、「入れ」というようにドアを大きく開いた。

玄関をはいったところに、広々とした吹き抜けのサロンがあった。アールヌーボー調の凝った手摺りのついた階段がゆるやかなカーブを描いて二階に伸びている。

老婦人は、「そこで待て」というように、ゆったりとした天鵞絨《ビロード》地のソファを見遣ると、何も言わず、大儀そうな物腰で階段を昇って行った。死刑囚が十三階段を昇って行くような足取りだった。

私たちは揃って口を開けて見上げていたが、その姿が二階に消えると、熊谷雅人が、やれやれというように肩をすくめた。

「愛想のない家政婦だな。俺のこと脱獄犯でも見るような目付きで見やがったぜ」

「あんたを見れば、誰だってそう思うわよ」

安達かほるが声をたてて笑った。熊谷のサングラスをかけた浅黒い顔は煤《すす》のような不精髭に覆われている。おまけに彼は太い横縞のTシャツを着ていた。

「聞きしにまさる豪邸だね」

辻井由之があたりを見回しながら、ヒュウと軽く口笛を吹いた。

「おたくの軽井沢の別荘といい勝負じゃない？」

かほるが言った。辻井は田園調布に豪勢な邸をもつ大手食品会社社長の一人息子で、いわゆるお坊ちゃまだ。

サロンは広々として整理が行き届いていた。南に向かってフランス窓がある。

「見て。由比ヶ浜が見えるわ」

かほるが窓に飛び付いて、先のしゃくれた形の良い鼻を硝子にこすりつけるようにして叫んだ。

窓の向こうには白いテラスがあった。その向こうには青い芝生が広がり、その遥かかなたに由比ヶ浜が灰色の雨に煙って横たわっている。こんな悪天候なのに、幾つかヨットの帆が見えた。

「ほんとだ」

かほるの黄色いTシャツと白いスラックスに包まれたスラリとした長身に、寄り添うように辻井由之が立った。

「晴れてたら良い眺めだろうね」

辻井はそう言いながら、もっていたハンカチで、かほるのTシャツと同じ色のリボンの結ばれたソフトカーリーの長い髪を、さりげなく拭いてやっている。

「どれどれ」

二人の間に熊谷の長身が強引に割り込んだ。辻井は露骨に迷惑そうな顔をする。

私は、三人から離れて、ひとり暖炉の上の写真をしげしげと見入っていた深沢に近付いた。彼が見ていたのは峰夏子の若い頃の写真だった。二十歳くらいだろうか。明眸皓《めいぼうこう》歯《し》という古風な表現がピッタリくるような美貌だった。艶のある黒髪を肩に散らし、やや上目遣いに真珠のような歯を見せて微笑んでいる。純白の半袖から出た腕は少年のようにほっそりと引き締まっていた。

峰夏子は、昭和十年、十六歳のとき彗星のごとく映画界にデビューして、花なら盛り、まさに人気絶頂のさなかに謎の引退を遂げた、ミステリアスな大女優である。

「この人が?」

峰夏子の隣に並んで飾られていた男の写真を見て、私は思わず深沢に訊いた。深沢が目に畏敬の念をたたえて頷く。

そいだような頬に、一重の切れ長の目が鋭く暗い。俳優かと見まがうほどの好男子だが、男優にしては表情に甘さというものが微塵もなかった。

これが峰夏子の突然の引退の原因になった男だった。

「さすがに美人ね」

いつのまにか、かほるが私たちの背後に立っていて、覗き込むように写真に顔を近付けた。

「どことなく安達くんに似てるね、若い頃の峰夏子は」

「そうお?」

深沢にそう言われて、かほるは嬉しそうな声をあげた。私はちょっと厭な気がした。深沢の言葉はまんざらお世辞とは思えなかったからだ。写真の女性の方がずっと美しかったが、たしかに、どこか雰囲気がかほるに似ていた。

外国へ行けば典型的な日本美人に見られ、そのくせ日本にいれば、どこか異国の血の混じったエトランゼのようにも見えるという不思議な美しさ。それは、写真のなかの女優とそれを無邪気な目で眺めている女子学生に共通していた。

「ほんとだ。峰夏子はきみに似てるよ」

飼い主を追う二匹の犬のように、かほるのお尻にくっついてきた辻井と熊谷が異口同音に言った。

ふいに、暖炉の上の蒲鉾《かまぼこ》型の置き時計が綺麗な音色で鳴りはじめた。二時四十五分だった。思わず聴き惚れてしまうような涼しげなチャイムの音だった。

「これはウエストミンスター型だね……」

深沢が呟いた。

そのとき、頭の上から声が降ってきた。

私たちは一斉に驚いて振り向いた。階段の途中に、古めかしい黒いロングドレスを着た女性が、片手を手摺りにかけて立っていた。

「ようこそ、皆さん」

白髪混じりの長い髪を太い一本の三つ編みにして胸にたらしている。いかつい鼈甲ぶちの眼鏡をかけた顔には化粧っけはない。唇に紅だけがひいてあった。

謎の引退を遂げた伝説的な大女優は、ワイルダーが描いた、あの狂った老女優のような足取りで階段をゆっくりと降りてきた。

2

峰夏子、いや、今は本名の越智保江に戻っている老婦人は滑るような足取りでサロンに入ってきた。

口紅以外に化粧っけもなく、飾りのない黒いドレスという質素な身なりだったが、やはりどこか普通のお婆さんとは異質の雰囲気が漂っている。

私たちは一人ずつ自己紹介した。峰夏子はソファに脚を組んで座り、背もたれにゆったりと凭れかかっていた。

口元にはほのかな微笑が浮かんでいたが、面倒臭いというようにいちいち私たちの顔は見なかった。

普通の人だったら横柄に見えるこんな態度も、この老婦人だと、近寄りがたい往年の大スターの貫禄と感じられるから不思議だった。

鼈甲ぶちの眼鏡の奥の目は、まるで誰かがフランス窓を開けて帰ってくるのをじっと待っているかのように、窓の外に釘づけになっていた。

整った顔には皺が刻まれ、染みが浮き出ていたが、目だけは廃墟に沈む夕日のように昔のままの美しさをかろうじて保っている。

深沢明夫が私たちのサークルの説明をした。夏子は微笑を絶やさず、頷きながら聞いていた。

『邦画研究会』といっても、邦画について蘊蓄《うんちく》があるのは、この会を創立した深沢だけだった。彼は経済学部に所属しながら、将来は映画監督をめざしている。ここの電話番号をどこからか調べて来て、訪問する段取りをつけたのも彼だった。そして、二人目の会員になった私は、脚本家になるのが夢だった。

あとの三人に関しては、邦画に関する知識も情熱もお粗末なものだった。安達かほるは私の幼馴染みで、会に遊びに来ているうちに、なんとなく三人目の会員になったにすぎないし、そのあとすぐに争うようにして入会してきた熊谷も辻井も、映画のことなどそっちのけで、かほるのお尻ばかり追い掛けている。

「峰さんの突然の引退の理由はいまだに謎に包まれていますが、やはり、氷見監督の事故死が原因だったのですか」

深沢が訊いた。

「そうね。否定はしないわ……」

元女優はさびしそうに微笑んだ。

峰夏子は昭和十年、十六歳で日活からデビューしたが、二十五歳のとき、東宝に移籍し、そこで気鋭の若手監督として頭角をあらわしはじめていた氷見啓輔と知り合った。

氷見啓輔との出会いは運命的なものだったと、夏子はその後の雑誌のインタビュウに答えている。

それまで清純なお嬢さん役しか貰えなかった夏子が、氷見と出会ったことで女優として開眼したのである。

氷見の方も、峰夏子という逸材を得たことで、その後の作品はさらに深みと鋭さが増したという。

峰夏子は氷見啓輔にとって、ちょうどヒッチコックにとってのグレース・ケリーのような存在だったに違いない。他の女優とは別格だった。

ふたりのコンビの作品が続々と作られるようになると、この二人の仲が噂されるようにもなった。氷見はまだ四十前の、俳優にしてもおかしくないような好男子だったし、独身でもあった。また、夏子の父親が映画関係の仕事についていたこともあって、氷見は夏子の家族（母親は早くに亡くなっていた）とも親しく交際しており、いずれ、この二人は私生活の面でも良きパートナーになるのではないかと噂されるようになったのも当然だった。

だが、誰も予期しなかった出来事が起きた。昭和二十七年、夏子が覚え立ての車で箱根をドライブ中に、運転を誤ってガードレールに突っ込み、同乗していた氷見が頭を打って即死するという痛ましい事故が起きたのだ。運転していた夏子の方も頭を打ちはしたものの、奇跡的にかすり傷程度で生き延びた。

が、夏子はその事故の直後、突然映画界からの引退を表明した。人気絶頂のさなかのこの突然の引退は世間を驚かせたが、彼女は引退の理由を「一身上の都合」という曖昧な言葉でしか表現しなかった。

ただ、彼女と親しかったスタッフの話では、夏子が「氷見の作品以外には出たくない」ともらしていたという。そして、彼女は映画界を去り、鎌倉に蟄居《ちっきょ》して、二度と映画界にも世間にも姿を現さなかった。

「私は他の監督の作品にどうしても出る気がしなかったのよ。でも、氷見はそんな私に天国で腹をたてているかもしれないわ。『女であるよりも女優であれ』と口癖のように言っていた人だから。結局、私は女優であることよりも女としての生き方を選んでしまったんですものね」

「やはり噂どおり、お二人の間にはロマンスがあったのですね」

私は言った。

夏子は何も言わず、ただ頷いただけだった。

「そういうのって素敵」

かほるがうっとりした声で呟いた。

さっき玄関のドアを開けてくれた老女が紅茶を運んできた。

「妹の久代も昔は女優だったことがあるのよ」

家政婦だとばかり思っていた老女は、夏子の五つ違いの妹だった。

「あの頃はもうスターだった姉に憧れて、デビューしたんだけれど、私には女優としての素質はなかったのよ。毒舌家の氷見さんに、『きみは女優よりも誰かの嫁さんにでもなった方がいい』と言われたことがきっかけで早々と足を洗ってしまいましたけどね。まあ、氷見さんは私に限らず他の女優なんて眼中になかったんですよ。あの人には姉がすべてだったんですから」

久代は苦々しい顔つきでそう言った。氷見啓輔の思い出は姉の夏子にとっては甘く悲しいものだったかもしれないが、妹の方はそうでもないようだった。

昔の映画の話に花が咲き、時間はあっという間にたってしまった。久代が腕を奮ったという夕食は素晴らしかった。ただ峰夏子は夕食はとらない主義だそうで、私たちが食べるところを楽しそうに見ているだけだった。

ふと窓の外を見ると、まだ雨が降っていた。

3

夕食後、私は久代の後片付けを手伝い、男の子たちとかほるはサロンで峰夏子の相手をしていた。

私たちが後片付けを済ませてサロンに戻ったときには、深沢と熊谷がオセロゲームをやっていて、そばで夏子たちが観戦していた。

オセロはゲーム好きの深沢が持参したものだろう。深沢はオセロに限らず、「知的」ゲームと名のつくものなら何でも得意で、今腕に嵌めている時計も、数日前に麻雀の借金のカタに熊谷から巻き上げたものだそうだ。

「……オセロというのはゲームとしての歴史が浅いのとルールが単純なせいか、お子様向きの遊びのように一般には思われているようですが、ほんとうはチェスや囲碁に劣らぬほど奥の深いゲームなんですよ」

深沢はそんな講釈をしながら黒の駒を置いた。オセロを知らない元女優にゲームのやりかたを教えているようだ。

最初は熊谷の方が優勢だったが、最終的には熊谷の駒は殆どひっくりかえされて、深沢の圧勝で勝負はついた。

熊谷は歯がみしてくやしがった。

「これで、やり方とルールはお分かりでしょう？　オセロは子供でもすぐできるほどルールが単純ですから。だからと言って、ゲームそのものが単純なわけではありませんがね。どうです。峰さん、ひと勝負やってみませんか」

ソファの背に寄り掛かって、口元に微笑を浮かべたまま、峰夏子は首を横に振った。

「やめておくわ。ゲームのたぐいは苦手なの。頭がわるいのね、きっと。久代。おまえ、やってご覧なさい」

そう言って、妹に押しつけてしまった。

「それは何なの?」

久代は生まれてはじめて見たというようにオセロを見た。

「オセロです。やり方は簡単ですよ。まず、自分の駒を決めます」

深沢は表裏黒白に塗り分けられた駒をひとつ、盤上に載せると、それを手で覆って、「表、裏、どっちを採りますか」と久代に訊いた。久代はまごつきながらも、「それでは表」と答えた。深沢が手を離すと、駒は表が白だった。

「久代さんが白で、僕が黒ということになります。ルールはこうです。まず、互いの駒をボックスのなかにこう置きます」

深沢はそう言いながら、ふたつの黒の駒をボックス、つまり盤の中央に斜めに置いた。促されて久代も同じようにする。

「黒が先手で、次の駒を相手の駒をはさめる所に置きます。相手の駒をはさんだら、必ず、自分の色にひっくりかえします。はさむ方向は、タテ、ヨコ、ナナメ、といずれも可能。また幾つはさんでも同方向に並んでいる限り構いません。

もし、自分の番になっても、はさむ所がなかったら、はさむ所ができるまでパスしなければなりません。こうして、勝負が続けられなくなるまで駒を打っていって、最終的に自分の駒の多い方が勝ち、というわけです。お分かりですか」

「はあ」と久代は曖昧な表情で頷いた。

「とにかくやってみましょう」

勝負は序盤から中盤にかけては久代の白の方が圧倒的に優勢だった。もちろん、これは深沢がわざとそう仕向けた結果だったが。

「久代さんは強いな。このままでは僕の負けですよ。困ったな」

深沢は心にもないことを言って、しきりに久代を喜ばせていたが、当然のことながら、終盤に至って形勢は逆転した。あっと言う間に、盤を埋めていた白は黒に変わってしまった。結局、久代の白はひとつも残らず、盤は黒で綺麗に埋まってしまった。

「これで勝負ありです」

「まあ……」

久代は絶句した。

「どちらが勝ったの？」

夏子が訊いた。

「ご覧のとおり、黒の勝ちです。でも、久代さんははじめて打ったにしてはスジがいい。

ちょっと練習すればすぐに上達しますよ」

と、深沢は最後にヨイショするのを忘れなかった。久代はおだてられて、すっかり乗り気になり、「もう一度」と身を乗り出した。

もっともカモられやすいタイプのようだ。こうして何度もゲームは続けられたが、水を差し向けられるたびに、峰夏子は笑って首を振り、最後まで観戦するにとどまっていた。

いつのまにか、暖炉の上の置き時計が十一時を告げた。

「あら、もうこんな時間。わたしはそろそろ二階に引き上げるわ」

夏子ははっとしたように、腰を浮かしかけた。

「寝室やお風呂のことは久代にきいてちょうだい。じゃ、お休みなさい」

元女優はそう言うと、ゆっくりとした足取りで階段を昇って行った。

「寝室は二階に三部屋、下に大きいのが一部屋ありますが、どうしますか」

久代が言った。私たちは下の部屋を誰と誰が相部屋にするか、額を突き合わせて検討した。その最中、かほるが聞き捨てならないことを口走った。

「私と辻井君が使うには、ちょっと早すぎるかしらね。ねえ、辻井君」

意味ありげな微笑を口元に刻んで、かほるは辻井の方を見た。辻井ののっぺりとした色白の顔が薄赤く染まる。

「どういう意味だよ、それは」

熊谷の顔から笑いが消えた。

「このさいだから、白状してしまうけど、私と辻井君、婚約したの」

かほるが横にいた辻井の腕を取って、誇らしげに言い放った。

「婚約？」

熊谷が信じられないというように、茫然とした顔付きになって呟いた。

「嘘だろ。だって、まだ学生じゃないか」

すがるような目でかほるを見た。

「あら嘘じゃないわ。もちろん結婚するのは卒業してからだけど。一応、みなさんにご報告しておこうと思って」

「ほんとかよ、辻井？」

熊谷は掠れた声で訊いた。慌てて煙草を取り出す手がかすかに震えていた。

「まあね。だから、きみもこれからはそういうつもりで、かほるに接してくれよ」

辻井は勝ち誇った薄笑いを熊谷に返した。

「そういうことだったのか。どうも最近様子がおかしいと思っていたら……」

熊谷は唇をかみしめてベッタリ寄り添っている二人を睨みつけた。

和やかだったサロンの雰囲気がいっきに険悪なものに変わった。深沢も下を向いて、気まずそうにオセロの駒をいじっていた。

結局、上の三部屋は、私とかほると辻井が使うことになり、下の部屋は深沢と熊谷にあてがわれた。

久代はそれぞれの寝室と一階の風呂場の案内をすませると、急に気まずくなったサロンにいたたまれなくなったように、そそくさと二階の寝室に引き取った。

「さてと、さきにシャワー浴びてきてもいいかしら」

かほるは重苦しくなったその場の雰囲気など全く頓着していないような気楽な声でそう言うと、さっさと立ち上がって、サロンを出て行った。

熊谷はふて腐れたようにソファにふんぞりかえり、煙草ばかりふかしていた。

十五分ほどして、かほるが風呂から出て来た。薔薇色に上気した顔で、長い髪をほどいて肩にたらしている。黄色いリボンを手にもってもてあそびながら、「大理石の凄い浴槽だったわよ」と報告した。

熊谷が風呂に入ると言い出した。彼がサロンから出たとき、ちょうど、例の置き時計が十一時四十五分をチャイムで告げた。

「綺麗な音だけど、こう頻繁に鳴らされると、少々うるさいって感じだな」

辻井がそう文句を言った。

私は眠くなったのと、風邪ぎみだったのとでシャワーを浴びるのをやめて二階の寝室に引き取ることにした。私にあてがわれたのは階段を昇りきったところにある部屋だった。

その部屋に入ると、すでにベッドが整えられていた。もってきたパジャマに着替え、すぐに私はベッドの中に潜り込んだ。窓の外にはまだ雨音がしていた。

単調な雨音を聴いているうちに、いつしか前後不覚になった。

ただ一度だけ、夜中に目を覚ました。二階のどこかの部屋のドアがバタンと閉まる音がして、その音で目を覚ましたのだ。私はなにげなく、枕元にはずしておいた腕時計を眺めた。

ちょうど二時半だった。

例のサロンの置き時計のチャイムの音色が闇をぬって聞こえてきた。それっきり、すぐにまた眠りに落ちこんでしまった……。

闇のなかで目を覚ました。

歳のせいだろうか。ここ数年、ベッドに入っても暫くうとうとしたかと思うと、はっと胸を衝かれたように夜中に目を覚ますことが多くなった。

こんな形で目を覚ますと、胸の上に何か重たい不吉なものがのしかかっているような恐怖を覚える。

一度など、あまりの恐怖に耐えかねて、枕元の呼び鈴を狂ったように振って、隣の部屋に寝ている妹を起こしてしまったことがある。

雨音がしない。耳が痺れるようなしじまがあたりを覆っている。昼間はうるさい程の野鳥の啼き声もしない。

邸に飛び込んできたあの五羽の雛鳥たちはどうしたのだろう。

何十年ぶりかで孫ほどの若い人たちと話し込んだことが心地よい興奮となって、浅い眠りを妨げたのかもしれない。

忘れかけていた過去を想い出した。もう四十年も昔の話だ。わたしの胸を抉《えぐ》り、深い傷痕を残した、あの出来事……。

あの日、馴れない手付きで車のハンドルを握り締めていたわたしの隣で、氷見は突然照れ臭そうに云った。

窓の外には若葉がきらめいていた。

「一度、きみのお父さんに正式にお願いにあがらなくてはいけないな」

「あら、何を？」

わたしはある予感に打たれたが、しらばっくれて訊いた。

氷見は笑いながら、煙草の煙を吐いて云った。

「お嬢さんを僕にくださいって」

とうとう云ってくれた。わたしの胸は早鐘のように鳴り、あの瞬間まさに幸福の絶頂だった。あの声は生涯忘れることができない。高揚した気分がわたしにアクセルを踏ませた。

そして、その直後――。

いや、もうよそう。あのことを考えるのは。

わたしは闇のなかで目を閉じた。

ふと過去が遠のいた。

物置の窓を閉めたかしら？

急にそんな卑近なことに気を奪われた。今朝、入ったとき、あまり黴臭《かびくさ》かったので窓を開けたのだが……。閉め忘れたような気がする。

久代が気付いて閉めてくれていたらいいのだが。雨が吹き込んだかもしれないし、一階の窓が開いたままでは不用心だ。

そう考えると、おちおち寝ていられなくなった。呼び鈴を鳴らして、妹を起こしてもいいが、久し振りに他人に接して妹も疲れてぐっすり眠っているだろうと考えると、それもできかねた。

わたしはゆっくりと身を起こした。寝間着の上にガウンを羽織る。枕元の小テーブルに置いた眼鏡を手さぐりで取ってかけた。

階段を降りて行くと、サロンからは話し声が聞こえてきた。まだ誰か起きているらしい。

「まだ起きていたの？」

階段を降りながら声をかけた。

「どうも寝付かれなくて」

深沢という学生が応えた。

「どうしたんですか」

「物置の窓を閉め忘れたんじゃないかと思ってね」

わたしはサロンの横手の物置に入った。物置といっても六畳程の洋室だった。ドアを開けて入った真正面に窓がある。やはり窓は開いたままだった。雨が吹き込んで床が湿っている。確かめに来てよかった。窓を閉め、錠をおろした。

サロンに戻り、深沢たちと少し話した。置き時計が二時を知らせるチャイムを鳴らした。

「十五分おきにチャイムが鳴る時計なんてうるさいでしょう？」

わたしは訊ねた。

「実をいうと、少々」

熊谷が応える。

「硝子蓋を開けると、弁が付いているから、それをサイレントの方にしておくと、チャイムは鳴らないわ」

「それじゃ、寝る前にそうさせて貰います」

「朝起きたら元に戻しておいてね」

「はい」

二階の寝室に戻ったとき、二時十五分を知らせるチャイムが鳴った。

4

野鳥のさえずりで目が覚めた。

目をこすりながら見ると、純白のレースのカーテンが眩しいほど輝いている。ベッドからおりて、カーテンをひく。快晴だった。下のサロンから置き時計のチャイムの音が聞こえた。枕元の腕時計を見ると、七時半。

私は着替えを済ますと、二階の洗面所に行った。辻井が洗面所で歯を磨いていた。彼は鏡に映った私に歯ブラシをくわえたまま、「おはよう」と言った。

ふたりでサロンに降りていくと、久代の叱り付けるような声が耳に飛び込んできた。

「今朝起きたら、ここの置き時計のチャイムの弁がサイレントの方になっていたけど、こんな悪戯《いたずら》はしないでちょうだい」

久代の声は朝っぱらから尖《とが》っている。

「どうもすみません。チャイムがうるさかったもんだから、寝る前にやったんです。起きたら元に戻しておくつもりだったんですが、つい忘れちまって」

熊谷がうなだれて頭を掻いていた。階段を降りてきた私と辻井を見ると、久代は咎めるようなまなざしを今度はこちらに向けた。

「もうひとりのお嬢さんは?」

「彼女、朝が苦手なんです。そのうち起きてきますよ」

辻井が答えた。

私たちは一階の食堂へ行った。かほるの姿も見えなかったが、夏子の姿もなかった。久代がふきんを被せた盆を二階に運んで行ったところを見ると、夏子は食事をベッドのなかでとる主義なのかもしれない。

朝食が終わっても、かほるは下に降りてこなかった。

「これじゃ、片付かなくて困るわ」

一食分だけ残ったテーブルを見ながら、元女優の妹は腹だたしそうに呟いた。

「ぼく、起こしてきます」

辻井がナプキンで口を拭くと、いそいそと立ち上がった。

「まるでもう亭主気取りだね」

熊谷がいまいましそうに言う。

辻井はすぐに降りてきたが、かほるを連れてはいなかった。

「変だなあ。彼女、部屋にいないんです」

「いない？　洗面所じゃないの」

私が言うと、辻井は首を振った。

「覗いてみたけど、いなかった」

「散歩にでも出たのかしら」

朝の弱いかほるにしては珍しいことだが。

「それも考えて玄関を見てきたけど、ちゃんと靴はあった」

私たちは顔を見合わせた。

「どこへ行ったのかしら？」

「朝っぱらから鬼ごっこかよ」

熊谷が口を歪める。

「もう一度、二階を見てきます」

辻井はまた食堂を出て行った。

「さて。それでは我々もかほる君捜索に乗り出すとするか。腹ごなしに鬼ごっこも悪かないや」

熊谷に促されて深沢や私も渋々立ち上がった。

しかし、この「鬼ごっこ」はそう長くは続かなかった。鬼がかほるを見付けたのだ。かほるはサロンのそばの物置に隠れていた。見付けたのは私だった。

物置といってもちょっとした洋室だった。ドアを開けると、ドアと壁が作る隙間に、かほるが胎児のような恰好でうずくまっていた。長い髪が波のように肩に乱れかかって、毛先が床を這《は》っている。

「もう！ なにしてるの、こんなところで。みんな心配してるわよ」

声をかけても、かほるはうずくまったまま返事もせず、顔もあげなかった。昨日と同じ黄色いTシャツを着ている。二日続けて同じ服は絶対着ない主義なのに……。

「いいかげんにしてよ」

私はかほるの肩を軽く叩いた。その妙に強張った感触にはっとした。

震えそうになる手を伸ばして、乱れた髪をかきあげた。髪の間から覗いた顔を見て、私は拳を口にあてた。

昨日は髪を結んでいた黄色いリボンが、今は白い喉にしっかりと結ばれていた。

警察が呼ばれて、私たちは全員サロンに集められた。誰もが興奮と緊張で青ざめていた。とりわけ辻井由之の顔など死人のようだった。

上で独りで朝食をとっていた峰夏子も下に降りてきていた。死体を直接見なかった彼女だけが比較的冷静な表情をしている。

安達かほるの死因は絞殺による窒息死で、死亡推定時刻は、昨夜の（今朝のと言うべきか）零時から二時の間というのが、鑑識官の所見だった。

紺の制服に白い手袋をはめた捜査官たちが現場の指紋や遺留品等を調べている間、髭の剃り痕の青々した中年の刑事が事情聴取にあたった。

まず私たちの氏名や住所、職業、そしてこの越智家に逗留していた理由を訊かれた。

私たちのことがひととおり分かると、刑事はちょっと居ずまいをただすようにして言った。

「それでは、零時から二時にかけての行動を一人ずつ伺いましょうか」

「アリバイ、ですか」

深沢明夫がすかさず訊く。

「まあね」

疑われているのだ。そう気付くと、息苦しくなってきた。しかし、疑われても仕方のない状況だった。自殺にはとうていみえなかったし、現場の様子から外部からの侵入者の犯行とも考えにくかったのだから。

辻井が震える声で答えた。

「昨日は、サロンの時計がちょうど零時を打ったのを機に二階の寝室に引き取りました。そのときは、かほる——いや、安達君も一緒でした。安達君と部屋の前で別れると、すぐにベッドに入りました。それから十分もしないうちに眠ってしまい、朝まで熟睡していました」

次が熊谷だった。

「僕は十一時四十五分に風呂に入って、上がったのは零時ちょっとすぎの頃です」

「やけに時刻を正確に覚えているんだね」

刑事が揶揄《やゆ》するように言った。

「あの置き時計のせいですよ。ご丁寧に十五分おきにチャイムが鳴るんですからね。いやでも時間を気にしてしまいます。僕など腕時計を持ってないので、そうでなければ時間などまるで分かりませんよ。それで、僕が風呂からあがると、すぐに深沢が風呂に行きました。深沢が十五分くらいたって風呂から出てくると、このサロンでオセロをはじめました。ベッドに入ったのは二時半頃です」

次が深沢。

「零時頃、辻井君と安達君が揃って二階に引き上げたのと擦れ違いに熊谷君が風呂からあがってきたので、今度は僕が風呂に行きました。あとは熊谷君の言った通りです」

そして、次が私、野村日出子の番だった。

「私は零時前、皆よりひと足さきに二階の寝室に引き上げ、朝までぐっすり眠っていました」

越智姉妹はともに「零時前に二階に引き上げた」という簡単なものだった。

「刑事さん！　かほるを殺した奴はもう分かってますよ。こいつです」

それまで親指の爪を嚙みながら話を聞いていた辻井が蒼白な顔でいきなり言った。ひと差し指をまっすぐ熊谷雅人の鼻面につきつけていた。

「かほるは昨夜僕と二階で別れたあと、もう一度下に降りてきたんですよ。熊谷と深沢の話だと、熊谷が零時すぎに風呂からあがってきたのと交替に深沢が風呂へ行ったということですね。だとしたら、深沢が風呂からあがってくる十五分くらいの間、サロンには熊谷しかいなかったことになる。

そこへ何か忘れ物をしたか用事を思い出したかほるが降りてきた。熊谷と喧嘩になり、熊谷がカッとして――。深沢がサロンに戻って来るまでに、あの物置にかほるの死体を隠したんだ」

「この野郎。何を血迷ってそんなでたらめを」

熊谷が立ち上がって、テーブルを挟んで斜め向かいに座っていた辻井につかみ掛かろうとするのを、刑事がとめた。

「ほらね。こいつはすぐに頭に血が昇る性なんです。単細胞だから。昨日も自分に気があると自惚れていたかほるが僕と婚約したと知ったもんだから、それで思わずカッとして」

辻井は刑事の制止をいいことに、唾をとばして言い募った。

「そうだ。思い出しましたよ。かほるがなんで下にもう一度降りていったか。リボンです。髪を結んでいたリボンをサロンに置き忘れてきたことを思い出して取りに行ったんです」

「リボンというのは、被害者の首に巻き付いていたあの黄色いリボンのことかね」

刑事が訊いた。

「そうです。あれです。かほるは僕と一緒に二階にあがったとき、あのリボンを持っていなかった。だから、きっと——」

「でたらめばかり言うな。俺が風呂から出て来たときには、そんなリボンなどどこにもなかったぞ」

熊谷が目を血走らせてどなった。

「いや、あったはずだ。深沢、きみは見ただろう？」

辻井は深沢の方を見た。

「ぼくは……。そんなリボンがあったら気付いたと思うが、なかったような気がする。気付かなかっただけかもしれないが」

深沢は曖昧な口調で考え込みながら答えた。

「思い出してくれ。あのときかほるがリボンをサロンに置き忘れたかどうかで犯人が分かるんだから」

辻井は必死の形相で深沢に詰め寄った。たしかに辻井の言う通りだった。かほるが風呂からあがったとき、髪をほどいて、リボンは手に持っていたことを私は覚えていた。でも、彼らよりひと足さきに二階に引き上げてしまった私には、その後のことまでは分からない。あのリボンが凶器である以上、かほるがリボンをサロンに置き忘れて行ったかどうかということは肝心な点だった。

「駄目だ。ハッキリしたことは言えない。なかったような気がするとしか……」

深沢が苦しそうに言った。

「なかったような気がするということは、なかったと言ってるようなものだ。あんな目立つ黄色いリボンなら、もしあったなら目につくはずだからな。それに、おれが一人でサロンにいる間にかほるを殺して物置に隠したんじゃないことは、ここにいる峰夏子さんがちゃんと証明してくれるさ」

そう言い切ったときの熊谷の態度はもう落ちついていた。

「それはどういうことかね」

刑事が訊いた。

「峰さんは一度夜中に下に降りてこられて、かほるの死体の隠してあった物置に入ったんですよ。そうでしたよね。峰さん」

5

熊谷がそう問いかけると、夏子は前をまっすぐ見詰めたまま大きく頷いた。

「それは何時頃?」

刑事は往年の大女優の方に顔を向ける。

「二時頃だったと思います。十一時すぎにベッドに入ったんですが、夜中に目を覚ましたのです。昨日の朝がた、あの物置に入ったとき、あまり黴臭かったので窓を開けたことを思い出したのです。それを閉めたかどうか気になって。どうも歳を取ると、つまらないことを気にやんだりするものです。それで、起きて、確かめに行ったのです」

「それで?」

刑事は身を乗り出した。

「やはり窓は開いたままになって、雨が吹き込んでいました。窓を閉めて物置から出ると、まだサロンで起きていた熊谷君たちとちょっとお喋りをしました。二階の寝室に戻ったのは、二時十五分だったと思います。置き時計のチャイムが聞こえてきましたので」

遠くを見詰めるような目で、夏子は話した。目は窓の外に向けられており、遙かかなたに霞む由比ヶ浜を眺めているようだった。

「二時頃、物置に入ったとき、被害者の死体はなかったというのですね？」

「ええ。もし死体に気が付いていたら、さっきの野村さんのような悲鳴をあげていたでしょう。悲鳴もあげずに出てきたところを見ると、死体には気付かなかったのでしょうね」

夏子はやや皮肉っぽい口調で言った。私は思わず赤面した。かほるの死体を発見したときの、我を忘れた金切り声を思い出したからだ。

「かほるの死体はドアの陰に隠されていたから、中をちょっと覗いただけでは気が付かなかったかもしれませんよ？」

辻井がやっきになって言った。

「浅はかな奴だな。峰さんの話を聞いていなかったのか。峰さんは、物置の開いていた窓を閉めたと言ってるんだぞ。窓を閉めたということは、中に入ったということじゃないか。中に入れば、かほるの死体に気付かないわけがない。つまり、あの時刻かほるの死体はあそこになかったということなのさ。なあ、深沢」

熊谷がせせら笑って、深沢の方を見た。

「そうだね。峰さんや熊谷君の言う通りです。峰さんがあの部屋から出てきたとき、変わった様子は全くありませんでした。あのとき、安達君の死体があそこにあったとしたら、あんなに平然とはしていられませんよ。僕の考えでは、安達君の死体は二時半以降僕と熊谷君がサロンにいなくなったあとで、あの物置に隠されたのではないかと思うんです」

それまで黙りがちだった深沢が、眼鏡を指で押しやりながら、慎重な口ぶりで言った。

「今までの皆さんの話を整理してみると、こういう推理が成り立つのではないかと思うのですが」

深沢は話してもいいかというように刑事を見た。刑事は促すように顎をしゃくった。

「犯行が不可能だった者を消去していくことで、犯人が割り出せると僕は思うんです。まず、僕ですが、さっきも話したように、僕は零時から零時十五分くらいまで一階の風呂場にいました。ご覧のように、風呂場から二階に行くには、どうしてもサロンを通らなければなりません。それとも他に階段がありますか」

深沢は峰夏子に顔を向けて訊いたが、「いいえ。階段はここだけですよ」と答えたのは妹の方だった。

「ということは、僕が風呂場に行った振りをして二階にこっそり行こうとしたら、どうしてもサロンを通らなければなりませんね。でも、僕が風呂場にいる間、サロンには熊谷君がいました。そして、風呂からあがったあとはずっとサロンで熊谷君と一緒でした。そりゃ、どちらかがトイレにたったりして、ベッタリくっついていたわけではありませんが、それでも独りになったのはほんの数分のことです。その僅かの間をぬって、犯行を遂げるのは神業というものです。そうではありませんか」

一同はなんとなく頷いた。六人のなかで一人だけアリバイのある深沢は探偵役にうってつけともいえた。

「次は熊谷君ですが、彼には十五分だけ犯行のチャンスがありました。僕が風呂に入っていた零時から零時十五分の間です。辻井君が言ったように、もし安達君がリボンをサロンに置き忘れ、僕が風呂に行った間に取りに降りてきたとすれば、熊谷君に犯行は可能です。十五分もあれば、彼女を殺害して、死体をあの物置に隠すだけの余裕はあります。

でも、二時頃、あの物置には峰さんが入っているのです。そのとき死体はあそこにはなかった。熊谷君が死体を別の場所に隠しておいて、あとであそこに隠したとは思えません。一階にはあと食堂や他の部屋もありますが、サロンが殺害現場だとしたら、サロンに一番近くてそう頻繁に使われそうもない、あの物置が死体の隠し場所としては一番適しています。犯人の心理として、別の場所に隠したとはとうてい思えませんね。

つまり、以上のことを考え合わせれば、熊谷君も犯人ではありえない。結論から言ってしまえば、安達君は零時から二時の間に二階で殺され、二時半以降、サロンに誰もいなくなったあとで、あの物置に移されたということです。もっと突っ込んで言えば、犯人は零時から二時まで二階にいた者のなかにいるということです……」

「で、でも、なんで二階で殺したかほるの死体をわざわざ下の部屋に移さなければならないんだ」

辻井が言った。

「それは僕にも分からない。そうせざるをえない理由が犯人にはあったのか、それとも、サロンにいた熊谷か僕に罪をなすりつけるつもりだったのか。もし、峰さんが夜中に物置に入らなければ、熊谷君がまず疑われていたでしょうから……」

辻井は爪を嚙みながら黙ってしまった。

「これで容疑者は二階にいた四人にしぼられたわけです。次は野村君ですが」

私はなんとなくギョッとして身じろぎした。

「野村君には安達君を殺すことはできても、一人で死体を二階から下の物置に運ぶのは無理だと思うのです。安達君は女性としては大柄なほうだったのに反して、野村君は小柄で痩せっぽちです。安達君の死体を下に運ぶのは容易なことではありません。彼女もシロと考えていいかと思います」

　小学生と間違われたこともある、私の情けない体格がこんな形で救ってくれるとは、夢にも思わなかった。

「同様に峰さんや久代さんにも同じことが言えるのではないでしょうか。たとえ、お二人が力を合わせて運んだとしても、やはり年齢的にちょっと……。いえ、それ以上に、昨日はじめて会った安達君をお二人が殺さなければならない動機というものがまず考えられません。そうなると、最後に残ったのは――」

　深沢は言いにくそうに口をつぐんだ。

「僕にかほるを殺さなきゃならない、どんな動機があるっていうんだ。僕と彼女は婚約してたんだぞ。それを、どうして」

　辻井は蒼白になってあえいだ。

「可愛さあまってって言葉もあるさ。おまえは二階に引き取ったあと、部屋の前で彼女と別れたと言ったが、ほんとうはどっちかの部屋に一緒に入ったんじゃないのか。『婚約』までしている女と、そんなにアッサリ別れてしまうかね」

　熊谷が言った。

「たとえば、おまえの部屋にかほるを誘ったんじゃないのか。いちゃつくつもりだったのが、そのうち痴話喧嘩でもおっぱじめたんだろう。あげくの果てに――」

「違う！　たとえそうだとしても、どうしてわざわざ彼女の死体を下まで運ばなければならないんだ」

「それは俺に罪をかぶせようとしたのさ。俺がかほるをおまえに取られた腹いせにやったように見せ掛けるためにな。汚い野郎だぜ、てめえは。お坊ちゃんづらしやがってさ」

「ちょっと待てよ。僕はまだ辻井が犯人だと言ったわけじゃない。辻井には時間的にも物理的にも犯行が可能だったと言っただけで……」

深沢が慌てて口を挟んだ。慎重な彼らしい。

私はそのときフトあることを思い出した。

「あの、私、さっきベッドに入って朝まで目が覚めなかったって言いましたけど、ほんとうは一度目が覚めたんです。二時半頃でした。二階のドアの閉まる音で目が覚めたんです」

「ドアの閉まる音？」

みんな一斉に私の方を見た。

「二時十五分でしたら、私が部屋に戻りましたけど……」

峰夏子が言った。

「いいえ。十五分じゃありません。三十分です。ドアの閉まる音がしたとき、枕元の腕時計を見ましたから」

「それでは私ではないようね……」

「辻井。おまえじゃないのか。サロンに誰もいないかどうか見にきたんじゃないのか。かほるの死体を運ぶ前に」

熊谷が鬼の首でも取ったように言う。

「僕じゃない！　かほるとは部屋の前で別れたのは本当だし、ベッドに入って一度も起きなかったのも嘘じゃない」

辻井は泣きべそをかいていた。もともと、お坊ちゃん育ちで逆境にはきわめて弱いタイプだった。

そのとき、捜査官の一人がやってきて、死体の隠されていた物置のドアのそばにある電灯スイッチから指紋がひとつも出なかったことを報告した。

「指紋がない？」

深沢が聞き返した。

「ということは、犯人は峰さんが入ったあとで死体を隠したということになりますね。だって、もし、峰さんが入る前に死体を隠したとしたら、峰さんの指紋が残っていなければならないからです。それが何もないということは、犯人があとで自分の指紋と一緒に峰さんの指紋も拭きとったということになる……」

「やっぱり、おまえじゃないか」

熊谷は辻井を睨みつけた。

「僕じゃない。僕じゃない」

蒼白になって、辻井はフラフラと立ち上がった。かと思うと、突如、だっと走ってフランス窓に飛びついた。いつもおっとりしている彼のどこにこんな敏捷性があったのかと啞然とするほどの素早さだった。

「逃げたぞ。追え」

捜査官が数人バラバラとあとを追い掛けた。

その直後、外で凄まじい音がした。車が急ブレーキを踏んだような。

「辻井……」

深沢が思わず腰を浮かしかけた。

辻井を追い掛けて行った捜査官の一人がすぐに困惑しきった表情で戻ってきた。背広の胸に血がついていた。

「車の前にいきなり飛び出したんです。止める暇もなかった。至急、救急車を呼んでください」

6

辻井由之の葬式の帰り道、私の家のある東中野まで送ってくれた深沢明夫を私は駅前の喫茶店に誘った。

辻井はあの日越智邸のフランス窓から外に飛び出して、往来に出たところを折り悪く、車に撥《は》ね飛ばされたのだ。内臓破裂だった。救急車で病院に運ばれる途中息を引き取ったのだという。司法解剖に回されたかほるよりも、一足先に葬儀がとり行われたのだった。

「ここのコーヒー美味《おい》しいのよ」

奥まった席に座り、ウエイトレスの持ってきたおしぼりで手を拭きながら、私はつとめて明るい声を出した。

が、俯き加減の深沢の表情は暗かった。

「辻井君のご両親、お気の毒だったわね……」

父親の方はそれでも必死に体面を保っていたが、母親の方はそれこそ身も世もない嘆き方だった。辻井は遅くに出来た一粒種だった。しかも生まれたときから虚弱体質だったのを、硝子細工でも扱うように大切に育ててきたというのだから、こんな形で息子を亡くした両親の心中は察してあまりある。

「僕がいけなかったんだ。辻井を追い詰めるようなことを言ってしまって。彼に自首するチャンスも与えてやれなかった」

深沢はうなだれて言った。

「あのときの深沢君の推理、オセロで相手を負かすような感じだったわね。じわじわと追い詰めて、うろたえた相手に墓穴を掘らせる……」

「そんなつもりじゃなかったんだ」

深沢はいよいよ頭をたれた。

コーヒーが運ばれてきた。二人とも向き合ったまま、しばらく無言で砂糖やミルクを入れた。

「でも、かほるを殺したのは、本当に辻井君だったのかしら」

私はなるべくさりげない声で切り出した。

「だって、逃げたということが自白したも同然だろう？　潔白なら逃げやしないさ」

深沢はコーヒーにちょっと口をつけてから言った。

「そうかしら。でも犯人じゃないからこそ逃げたとも考えられるわよ。辻井君って坊ちゃん育ちで気が弱かったから、殺人犯だと疑われてると思っただけでパニックを起こしたのかもしれないわ。それで見境もなく外に飛び出したとも」

「とは言っても、状況的には辻井以外に犯行が可能だった者はいないんだよ。やっぱり辻井が……」

「そうかしら」

「そうかしらって、きみ……？」

深沢は顔をあげて、疑わしそうな目付きで私を見た。

「私ね、辻井君は犯人じゃないような気がするの」

私は思い切って言った。やはりすべて深沢に話してしまったほうがいいような気がした。

「ええ？」

深沢の目は眼鏡の奥で飛び出しそうになった。

「深沢君、気が付かなかった？」

「気が付かなかったって何を？」

「峰夏子のことよ」

「峰夏子のこと……？」

「彼女が映画界から突然引退した理由」

「だからそれは監督の氷見啓輔が不慮の事故で死んで……」

「彼女も氷見との愛を貫くために映画界から引退することを決意した。ずいぶんロマンチックなお話よね。でも女ってそこまでロマンチストにはなれないんじゃないかしら」

「何を言いたいんだ、きみは」

「もし私なら、たとえ最愛の監督に死なれても、それだけで女優をやめることはないと思うの。人気が下降していたというならともかく、峰夏子の場合は人気絶頂、これからが勝負というときだったのよ。私だったら、監督を変えても女優は続けるわ。彼女も本当はそうしたかったんじゃないかしら」

「でも彼女はそうしなかった。引退して二度と映画界には戻らなかった。氷見のいない映画界には。きみとは違うんだよ。真のロマンチストなんだ」

深沢は皮肉な口調で言った。

「そうじゃないわ。峰夏子は映画界に戻りたくてもそうできない理由があったのよ」

「映画界に戻りたくてもできない理由？」

「オセロのとき、気が付かなかった？」

「何を？」

「深沢君が久代さんにオセロを教えながらやっていたとき、峰夏子はそばで見ていたわね」

「ああ」

「オセロのルールは簡単で、はじめての者でも一度教えて貰えばすぐ飲み込めるはずよね。それなのに、あのとき、あなたが久代さんの駒を自分の駒にひっくりかえして、盤を全部黒で埋めてしまったのにもかかわらず、彼女は訊いたでしょう。『どちらが勝ったの？』って」

「…………」

「一目瞭然の勝負をなぜ訊く必要があったのかしら。ルールが分からなかったはずはないわ。あんな簡単なものなのだから。とすると、考えられるのはただひとつ。峰夏子には目の前のオセロ盤が見えなかったのよ」

7

深沢はうっすらと口を開けて私を見ていた。

「まさか、峰夏子は――？」

「目が見えないのよ」

「し、しかし、あんなに不自由なく歩きまわることができたし、あの鼈甲ぶちの眼鏡は……」

「眼鏡は盲目であることを逆に隠す小道具。杖を使わなくても住み慣れた自分の家なら歩き回るのに不自由はないはずよ。そう考えれば、夕飯を私たちと一緒にとらなかった理由も、翌朝、独りで部屋で食事をとった理由も分かるわ。おぼつかない手つきで食事をするところを私たちに見られたくなかったのね」

「だけど、どうして盲目であることを隠していたんだ」

「プライド、じゃないかしら。引退してから目が悪くなったんじゃなくて、目が悪くなったのが引退の本当の原因だったんじゃないかしら。あの事故のとき、彼女の方は頭を打っただけでかすり傷ですんだということだったわね。でも、あとで視神経に異常が生じていたのではないかしら。頭を打った場合、あとで異常が生じることがあるでしょう？

急に盲目になったのではないかもしれないけれど、とにかく、視力が極端に落ちて、これ以上女優としての仕事が続けていけないことを彼女は悟ったのよ。断腸の思いで引退を決意しなければならなかった。ただ、引退の本当の理由をひとに知られたくなかった。たまたま氷見啓輔とのロマンスの噂が出ていたので、それを利用して、恋を貫く女の役を演じたのではないかしら。目が見えなくなってやむなく引退するというより、その方がずっとロマンチックな印象をひとに与えるもの。峰夏子って、女というより、ねっからの女優だったんだと思うわ……」

「それじゃ、もし、峰夏子が目が見えないとしたら、あの物置に関する彼女の証言は……？」

「根底からくつがえされてしまうでしょうね。夏子が物置に入ったとき、かほるの死体はもうすでにあそこにあったのかもしれないわ。でも、死体はドアの陰に隠されていたから、夏子には分からなかったのよ。もし、死体が部屋の真ん中にでもあったら、窓を閉めようとして、途中でそれにつまずいて気が付いただろうけど」

私はあのとき夏子が言った言葉を思い出した。

「ええ。もし死体に気が付いたら、さっきの野村さんのような悲鳴をあげていたでしょう。悲鳴もあげずに出てきたところを見ると、死体には気付かなかったのでしょうね」

あれは皮肉でもなんでもなかった。彼女はありのままを言ったのだ。いや、あれは二重の意味の皮肉だった。

「夏子が盲目だとすると、物置の電灯のスイッチの件も？」

「そうよ。全然意味が違ってくるわね。電灯のスイッチに夏子の指紋がついていなかったのは、犯人があとから自分の指紋と一緒に拭きとったからではなくて、最初から夏子は指紋をつけなかったからなのよ。目の見えない彼女にとって、電灯など必要のないものだもの。スイッチなどに触りもしなかったんだわ」

「だとすると、夏子が物置に入る前に安達君の死体がもうあそこにあった、つまり、犯人は本当は熊谷だったかもしれないと言いたいんだね」

深沢は意味もなくコーヒーをスプーンでかきまわしながら言った。

「そうね。その可能性もでてきたわね」

「だが、やはり犯人は辻井だったかもしれないね。夏子が物置に入ったとき、死体はやはりなかったかもしれないからだ」

「そう。どちらとも考えられるわね。でもね。私、実はもうひとつ気付いたことがあるの」

「もうひとつ?」

「これは誰にも言わなかったことだけど、私、あの夜妙な音を聞いたのよ」

「夜中にドアの閉まる音のことだろう?」

「そうじゃなくて、そのドアの音がしたとき、もうひとつの音が聞こえたのよね」

「もうひとつの音?」

深沢はおしぼりを無意識のようにひねっていた。

「サロンの置き時計のチャイムの音なの」

「チャイムの音……」

「変だと思わない?」

「何が?」

「私がドアの音で目を覚ましたのは二時半だったのよ。あなたたちがサロンを引き取ったのは何時だった?」

「峰さんが二階にあがって、ちょっとしてからだから、二時半前だったかな……」

「二時半にはサロンには誰もいなくなっていたんでしょう？」

「ああ」

「確か、熊谷君が寝る前に、あの時計のチャイムの弁をサイレントの方にしたって言ったわよね」

深沢の目が眼鏡の奥ではっとしたように見開かれた。

「だったら、二時半に時計のチャイムが鳴るはずがないわよね。それなのに、私は二階で聞いたのよ。鳴らないはずのチャイムが鳴るのを」

「きみの腕時計が狂っていたか、空耳ってことは？」

深沢は唇をなめながら訊いた。

「どちらもありえないわ。空耳ではなかったし、腕時計は狂ってもいなかった。それなのに、鳴らないはずのチャイムが聞こえたのよ。二時半に……」

「どういうことだろう。まさにミステリーだな……」

「そうかしら。鳴らないはずの時計のチャイムが鳴った理由を誰よりも知っているのは、深沢君、あなたじゃないかしら」

「なんだって……」

私には深沢が唾を飲み込む音が聞こえたような気がした。コーヒー皿がカタカタ小刻みに鳴っているのは、それに添えた彼の手が微かに震えているせいかもしれない。

私は言った。

「だって、鳴らないはずのチャイムを鳴らしたのはあなただからよ」

8

「どうも言っていることの意味がよく分からないな」

深沢明夫は青ざめた顔に薄笑いを浮かべた。

「それなら、こう言い直すわ。私はあの夜二時半前に熊谷君が弁をサイレントの方にしておいた時計のチャイムを二時半に二階で聞いた。それが私の空耳でも、腕時計が狂っていたのでもないとしたら、このミステリーの謎を解く鍵はひとつ。サロンの置き時計の方が狂っていたということ。つまりね、サロンの時計は十五分遅れていたのよ」

深沢は私から目を離さず、コーヒーカップを口元に運んだ。手が震えて少し中身をこぼした。

「だから私が聞いたのは三十分のチャイムではなくて、本当は十五分のチャイムだったのよ。あのとき、私の腕時計では二時半だったけれど、サロンの置き時計は二時十五分をさしていたのね。そう考えると、あのドアの音の謎も解けるわね。あれは、峰夏子がサロンから部屋に戻ってドアを閉めたときの音だったのよ。

ただ、問題はサロンの置き時計がどうして十五分も遅れたかということ。少なくともあの時計はあの夜の零時前までは正常だったわ。みんながまだサロンにいる頃まではね。そして、朝起きたときも狂ってはいなかった。ということは、あの夜の零時から朝までの間に何者かが、故意に時計の針を遅らせ、あとで元に戻しておいたということになるんじゃない？」

深沢は黙っていた。

「つまり、サロンの時計はある時間の間だけ何者かによって意図的に十五分だけ遅らされていたのよ。誰がいつ何のためにそんなことをしたのか。何の目的もなく時計を遅らせるはずはないものね。まずいつということだけど、零時前ということはありえないわ。時計の針が動かされたのは、辻井君とかほるが二階に引き上げた後ということになるわね。チャンスがあったのは、熊谷君かあなたということになるわ。でも熊谷君ではない。だって、たとえ彼が時計の針を動かしたとしても、あなたは自分の腕時計をしているから後ですぐにばれてしまうわ。その点、あなたなら出来たはずよ。熊谷君は腕時計をしていなかったから、サロンにいる限り時間のずれに気付かなかったでしょうからね。サロンの時計を十五分遅らせたのは、深沢君、あなただったのよ」

深沢は軽くまばたきしただけだった。

「私たちの間で唯一アリバイがあったのはあなただけだったわ。でも、もしサロンの時計が正確でなかったとしたら、あなたのアリバイは成り立たないわね。確か、あなたはこう言ったわね。『零時頃、辻井君と安達君が揃って二階に引き上げたのと擦れ違いに熊谷君が風呂からあがってきた』と。でも、本当は、擦れ違いにではなく、熊谷君が風呂からあがってきたのは、辻井君たちが二階に引き取ってから十五分後のことだったのよ。あなたはサロンで独りでいた十五分間を時計の針を動かすことで消去してしまったのね。

つまり、熊谷君は風呂に十五分間入っていたのではなくて、三十分入っていたのよ。でも、腕時計をもっていない熊谷君にはそれが分からなかったのだと思うわ……」

「僕がかほるを殺したと言いたいのか」

深沢は低い声で言った。私はちょっとたじろいだ。深沢がかほるのことを呼び捨てにするのをはじめて聞いたからだ。

「たぶん、かほるは辻井君と二階に上がった後、サロンにリボンを忘れたのに気が付いて降りてきたのよ。辻井君が言ったことは全部本当だったんだわ。ただ、違うのは、かほるが下に降りてきたとき、サロンに独りでいたのは熊谷君ではなくて、あなただったということ。そして、そこであなたとかほるの間に何かがあった。おそらく、かほるの突然の婚約宣言にショックを受けたのは熊谷君だけじゃなかったのね……」

かほるが辻井とのことを私たちに突然打ち明けたとき、深沢が俯いて、しきりにオセロの駒をいじっていたのを思い出した。あのとき、彼の胸の中には人知れぬ感情の波が荒れ狂っていたのかもしれない。

思えば峰夏子の大ファンだった深沢が、夏子にどことなく似ている安達かほるに興味を示さないわけがなかった。

「あなたは彼女の死体をあの物置に隠した。そろそろ熊谷君が風呂からあがってくる頃だったからよ。そして、とっさの機転で置き時計の針を遅らせることでアリバイを作ることを思いついたのね。熊谷君がサロンに戻ってきたとき、かほるのリボンを見なかったのも当然だった。だって、そのときにはリボンは彼女の首に巻き付いていたのですもの。

だけど、まさかあのあとで峰夏子が下に降りてきて死体を隠したあの物置に入るとは夢にも思わなかったでしょうね。でも、ひょっとしたら、あなたもとうに気付いていたんじゃない？　夏子が盲目だということを。そして、そのことを彼女が隠したがっていることも。オセロのときの夏子の失言は私でさえ気が付いたことですもの、当然、あなただって気が付いたはずだわ。深沢君、あなたは夏子の目が見えないことを知っていたのよ」

「驚いたね。きみがこんなお喋りだったとは知らなかったよ。それとこれほど空想力に富んでいるとも」

深沢は強張った笑いを薄い唇に浮かべた。

「推理力と言って貰いたいわね」

「でも、しょせん机上の推理にすぎない。どこに証拠があるんだ」

「峰夏子の目については調べるのは簡単だわ」

「たとえ、峰夏子が盲目だと分かっても、たんに彼女の証言の信憑性が失われたというだけで、僕が犯人だという証拠にはなりえない。それに、サロンの時計が十五分遅れていたということも、きみがそう主張しているだけであって、充分な証拠とはいえないいんじゃないのか。二時半に時計のチャイムを聞いたというのも、腕時計が狂っていなかったというのも、すべてきみの主観に基づくものにすぎない。もちろん、これはきみの妄想につきあっての話だけど」

「その通りだわ。でも、私が今ここであなたにした話を警察にすれば、まるで無視されるということはないいんじゃないかしら。事件は新しい観点からもう一度調べ直され、ひょっとしたらあなたにとって何か不利な証拠が出てくるかもしれないわよ。たとえば、あの置き時計からあなたの指紋が発見されるとか」

「そんなことをするつもりか」

深沢は恐ろしい顔で私を睨みつけた。

「してもいいわね。辻井君の名誉を回復するためにも。今のままの解決では辻井君と辻井君のご両親があまりにも気の毒だもの」

「それなら今すぐにでも警察に駆け込めばいいじゃないか。きみの空想につきあっているほど警察は暇じゃないと思うけどね」

「そうしてもいいの？」

「どうぞ」

しばらくにらみ合いが続いた。深沢の方が先に目をそらし、私は小さな溜息をついた。

「まあ、やめておくわ。本当のこと言うと、辻井君の名誉のことなんかどうでもいいのよ。私の知ったことじゃないもの。だから、今話したことはここだけの話にするつもり」

深沢は一瞬あっけにとられたような顔をした。私は腕時計を見た。

「あら。もう八時半！」

「まだ八時十五分だよ」

つられたように腕時計を見て深沢が言った。

「あらそう？　いやだ。私の時計、狂ってるわ。あのときもやっぱり狂っていたのかもしれないわね。これ、中学のときから使ってるやつだから。そろそろ買いかえなくちゃ」

深沢はじっと私を見ていた。私は立ち上がって、言った。

「もう帰るわ。よかったら家まで送ってくれない？　両親に一度紹介しておきたいの」

漆黒の闇のなかでノックの音を聞いた。

蝶番の軋む音。妹が入ってきた。カチャカチャと食器の鳴る音。朝食を持ってきたらしい。

カーテンの引かれる音。妹は自分のためだけに部屋に光をいれた。

「やっと静かな朝が迎えられるようになったわね」

わたしは襟元にナプキンを無言で突っ込む妹に云った。

「だから、知らない学生なんか泊めるなって云ったのに」

ここ数日、若い人やら警察やらに振り回されて、妹の声は草臥《くたび》れきっている。

「もう済んだことじゃないの。良い刺激になったわ。おまえと二人きりで暮らしていると、生きているのか死んでるんだか時々分からなくなるもの」

「あんな刺激は二度と御免ですよ」

「それにしても、あの辻井という学生が犯人だったのかしら」

わたしはポタージュをひと匙《さじ》すくって口に運んだ。美味しい。妹は本当に料理の天才だ。

「さあ、どうだったのかしらね」

久代はもうどうでもいいというように素っ気ない声で応えた。

「わたしが物置に入ったとき、あの女子学生の死体はあそこにあったのかしら。もし、あったとすれば、辻井君は犯人ではなかったことになるわ……」

「知りませんよ、わたしは」

妹はポタージュを零《こぼ》したわたしの口元を乱暴な手付きで拭いた。唇をもぎ取られるかと思った。

「きっと死体はあそこになかったのね。やはり辻井という学生が犯人だったんだわ」

「姉さんがそう思いたいならそうだったんでしょう」

「あの深沢という学生だけど、声が氷見に似ていたわ。そうは思わなかった？」

「そうだったかしら。氷見さんの声なんかとうに忘れちゃったわ」

「顔は似てた？」

「全然。眼鏡をかけた、小柄で貧相な男の子でしたよ。どこにでもいるような」

「そう……」

わたしはなんとなくがっかりした。似ていたのは声だけだったのか。

「分かったわ。あんなに人嫌いだった姉さんが見も知らない学生を家に招ぶ気になった理由が」

久代は意地の悪い声をあげた。

「恋人だった男の声って、四十年たっても忘れないものなのね」

「おまえにはそういう人がいた？」

今度はわたしが意地悪を云う番だった。

妹は沈黙で応えた。妹の人生にそんな男の影も形もなかったことを誰よりも知っている。愕《おどろ》くほど何もない人生だった。

「みんな見事に騙されたものよね。姉さんは死ぬまで女優だね」

妹は素早く話題を変えて、陰気な笑い声をたてた。

「そうね。わたしは死ぬまで女優だよ」

わたしもつられて笑った。そう、わたしは女優だ。女優以外の何者でもなかった。わたしは十六のときから演技だけをしてきた。ありとあらゆる役を演った。そして、最後の大役が、「恋人だった監督の死に殉じて女優であることを潔くやめた女」の役だった。

わたしは今もなおその役を演じ続けている。

「姉さんの舞台裏を知っているのは、わたしだけなんだね」

妹はつぶやいた。わたしが映画界を去った本当の理由を知っていたのはわたしの家族だけだった。父はあの事故のあと間もなくして亡くなった。今ではそれを知っているのは妹だけだ。

「そうだね……」

しかし、もし妹が、彼女もまたわたしという女優に騙されている観客の一人にすぎないことを知ったら、どんな顔をするだろうかとふと思った。残念ながらわたしにはその顔を見ることができないが。

あの日、事故を起こす直前、わたしと氷見啓輔の間で、どんな会話が交わされていたか、もし妹が知ったなら……。

あのとき、氷見は突然照れ臭そうに云った。

「一度、きみのお父さんに正式にお願いにあがらなくてはいけないな」

「あら、何を？」

「お嬢さんを僕にくださいって」

喜びに顫えたのも束の間だった。そのあと氷見がなにげなく付け加えた言葉はわたしの頭をまっしろにした。

「でも、不安なんだ。彼女にその気があるかどうか。僕は久ちゃんには嫌われているからな」

「久代？」

「夏ちゃんからそれとなく聞いてみてくれないかな。彼女に嫁さんになる気があるかどうか……」

事故が起きたのはその直後だった。

わたしはあのときどうして急にハンドルを切ったのだろう。避けるものなど何もなかったのに……。

氷見は生涯の伴侶に久代の方を選ぼうとしていた。わたしは彼にとって新鮮な素材でしかなかったのだ。わたしたちの間にはロマンスなどはなから存在してはいなかった。

事故が起きる原因になったこの短い会話のことをわたしは今まで誰にも話したことがない。むろん、妹にも。いや、妹にこそ。

これからも話すことはないだろう。わたしはわたしの杖であり目である妹を手放すわけにはいかないのだ。暗闇のなかに独りで残されるくらいなら死んだ方がましだった。それに、「恋に殉じて女優をやめた女」の役を演じ切らなければならない。この役をやめるのは、わたしの人生そのものに幕がおりるときだ。

「もういいの？」

頷くと、妹は食器を片付け始めた。生涯で一人だけ愛してくれた男がいたことを死ぬまで知らない女は、疲れきった、引きずるような足音をたてて部屋を出て行った。

ドアの閉まる音が無明の闇に響いた。

隣の殺人

1

最初はガチャンという物の割れる音だった。

取り込み忘れた洗濯物に伸ばしかけた手を思わず止めて、辰巳敦子は隣家のベランダを見た。秋の闇に木犀《もくせい》が微かに香っている。

鉄柵で囲まれた長方形のコンクリートのベランダには、居間の窓枠が黒い縞を投げ掛けていた。

「何よ。あの女とは別れるって言ったじゃないの！　この裏切り者！」

物音に続いて、甲高い女の声が響いた。

有紀さん？

敦子は耳を疑った。緒方有紀がこんなヒステリックな声をあげるのをはじめて聞いたからだ。普段は女にしては低い声で淡々と喋る人なのに。声だけ聞けば別人かと思うくらいだ。

女の高い声を遮るように、低い戸惑ったような男の声がボソボソと聞こえる。夫の康久だろう。よく聞き取れないが、かろうじてこう言っているのが分かった。

「あんまり大声を出すなよ。隣に聞こえるじゃないか……」

「聞こえたっていいじゃない！　あなたがどれほど卑怯《ひきょう》な男か、マンション中の人たちに聞いて貰おうじゃないの！」

「おい、よせよ。もっと冷静に話そう……」

隣はどうやら夫婦喧嘩の真っ最中のようだ。

敦子はのろのろと洗濯物を取り入れながら、全身を耳にしていた。

「ここからあなたがしたことを洗いざらいぶちまけてやる！」

そんな興奮した声がしたかと思うと、居間のガラス戸がガラガラと音をたてて開いた。戸口にかけた女の白い指が見えた。有紀はベランダに出てくるつもりらしい。敦子は慌てて真っ白なシーツの陰に隠れた。

「よせ。そんなみっともない真似は！」

うろたえたような康久の声。

「放してよ！　みっともないのはどっちなのよ！」

「いいかげんにしないか……」

「放して！」

「放して」「よせ」と激しく揉み合うような気配。「馬鹿！」と男の鋭い声がした直後、ドシンという鈍い物音がした。と、同時に「うっ」という呻《うめ》き声。そして、静寂。それっきり何の声も音も聞こえなくなった。

どうしたのかしら……。敦子は、まだ湿っぽい洗濯物を胸に抱きしめて、棒を呑んだように突っ立っていた。

そのとき、開いていた隣のガラス戸から、ヒョイと緒方康久の顔が覗いた。色白の気の弱そうな細面に鼻までずり落ちた黒縁の眼鏡。脂っけのないボサボサの髪が目に入りそうに伸びている。

臆病な小動物が巣穴から覗くような感じだった。立ち尽くしていた敦子と目があった。ぎょっとしたような色が男の目に浮かんだ。

「あ。どうも、こんばんは」

敦子はひりついた喉から絞り出すように声を出した。

「こんばんは……」

康久は口の中でモゴモゴ言うとさっと頭を引っ込めた。続いて、ガラス戸の妙にソロソロと閉まる音。敦子は詰めていた息をほっと吐きだすと、サンダルを脱ぎ捨て急いで中にはいった。

何があったのかしら……。どうも変だ。いよいよクライマックスというところで、隣の夫婦喧嘩はまるで断ち切ったようにプッツリと終わってしまった。それに、あの「ドシン」という妙な物音。呻き声。まるで、有紀が倒れるか何かしたみたい……。

敦子は胸一杯に抱え込んだ洗濯物を居間に投げ出すと、その上にペタンと座った。紅いスカートが、白い洗濯物のなかに花のように咲いた。

なんか変だわ、お隣……。

好奇心がムクムクと頭をもちあげてきた。何があったのか聞いてこようかしら。でも下手な聞き方をすると、ベランダで隣のやりとりに耳をすませていたことが、ご主人に分かってしまう。金棒引きみたいに思われたら恥ずかしいわ。でも、このまま放ってはおけない。有紀の身に何かあったとしか思えないし……。

この石神井《しやくじい》公園近くの賃貸マンションに越してきたのが二年前。その半年後に隣に緒方夫婦が越してきた。

ともに年齢の似通った夫婦もの（緒方康久は三十八、妻の有紀は三十四。一方敦子は三十五。夫の優一は三十六だった）で、しかも、ともに結婚してだいぶになるというのに、子供に恵まれないという共通点ゆえか、月に一度は互いの部屋に招きあって夕食を共にする程度の付き合いはしていた。

夫婦の年齢は似通っていたが、生活形態はまるで逆だった。敦子夫婦の方はごく平凡に、妻が専業主婦で、夫が会社員。一方、緒方夫婦の方は、妻が外で働き、夫はうちにいる。

いつ見ても康久がうちにいるので、最初の頃不審に思っていた敦子だが、職業を聞いて納得した。童話作家なのだそうだ。作家なら自宅が仕事場でもおかしくはない。本名で書いているらしいが、殆ど売れてないようだ。一冊著書を贈呈して貰ったが、『どんぐり山のつちのこ』という見るからにぞっとしないタイトルの、内容もそれに負けないほど退屈なしろものだった。

これが売れたら奇跡だわ、と敦子はやっとこさ読み終わって思ったくらいだ。もっとも、育児ノイローゼで不眠症ぎみの若い母親だったら、子供に読んで聞かせているうちに、ぐっすり眠ることができるかもしれないが……。

一方、妻の有紀は美大を出た宝石デザイナーで、西新宿で友人とささやかなアクセサリー店を営んでいるのだという。

美人というほどではないが、さすがに身につけるもののセンスが際立っており、勝ち気で垢抜けた印象のある女性だった。

それにしても気になる。

敦子は機械的に畳みはじめた夫のアンダーシャツをほうり出した。

小柄だが、肥りぎみの優一は汗っかきで、おろしたての下着もすぐに両脇が黄ばんでしまう。

もっとも最近、夫のものを洗うのも畳むのも億劫で手を抜くことが多い。ブリーフなど触るのも厭なので、つまんでさっさと簞笥に「捨てて」しまうこともあった。

そうだわ！

隣を「偵察」するいい口実を思い付いた。さっきまで編んでいたモスグリーンの毛糸玉に目を遣った。有紀は不器用な敦子と違って編み物が得意で、今編みかけているセーター（むろん自分のである）も、所どころ彼女の手ほどきをうけていた。それを口実にしよう。

そう思いつくと、編みかけのセーターを持って、勢いよく立ち上がった。

マンションの廊下に出ると、ここにも木犀の香りが、香水壜の蓋でもしめ忘れたようにそこはかとなく漂っていた。

敦子は305号室のインターホンを押した。しばらくして（その間がかなりあったように感じられたのだが）、ドアチェーンのはずれる音がして、緒方康久がのっそりという風体で細目に開けたドアの隙間から顔を出した。

「あのう、夜分に申し訳ありませんけど、ちょっと有紀さんに……」

夜分といっても、まだ九時前である。

康久の顔に困惑の影が走った。内にこもりがちな人間に特有の血色の悪い顔だ。気のせいか、その顔はいつにもまして青ざめ歪んでいるように見えた。

白いワイシャツの上に黄色い派手なカーディガンを羽織っている。その鮮やかすぎる黄色が線の細い顔をいっそう病的に見せていた。カーディガンは男にしては華奢《きゃしゃ》な撫《な》で肩から今にもずり落ちそうである。

「どんなご用件でしょう?」

ドアを細目に開けたまま、隣の主人は用心深い声で訊いた。

変だわ。用件を聞くなんて。普段なら、用件など聞かずにすぐに有紀を呼んでくれるか、私の方をなかに入れてくれるのに。それが今日に限ってドアの前にたちはだかるようにして……。

「ここの編み方がよく分からないんです。それで、有紀さんに教えていただけたらと思いまして」

敦子はもっともらしく持っていた編み物を緒方に見せた。

「あいにくですが、そういうことでしたら、明日にしていただけませんか。有紀のやつ、風邪でも引いたらしくて、頭が痛いといって、さっき薬を飲んで寝ちゃったもんですから。起こすのも可哀そうなもんで」

頭が痛い? 薬を飲んで寝た? 疑問が頭のなかで渦巻いたが、敦子は愛想笑いを浮かべると、すぐに言った。

「それならいいんです。どうもすみません……」

「いや、こちらこそ」

康久は目の上に覆いかぶさった前髪をうるさそうに片手でかきあげた。そのとき、あるものに目が止まって、敦子は口もとを押さえた。

「血が」

「え？」

康久は反射的に敦子の視線を追った。

「肘のところに血が」

震えそうになる指でそこを指した。黄色いカーディガンの肘に、ハッキリと赤い染みがついていた。隣の主人は右腕を折り曲げて自分の肘をじっと見ていたが、何気なそうな声で言った。

「厭だな、奥さん。これ、トマトケチャップですよ……」

2

トマトケチャップですって？

部屋に戻ってきた敦子は散乱した洗濯物の上にまたペタンと座って呟いた。ここ数年、いつのまにか独り言を言う癖がついてしまい、時々自分で発した大声にぎょっとすることがあった。

あれがトマトケチャップであるもんですか。見えすいた嘘を。あれは血よ。間違いなく血の染みだわ。黒ずんでいなかったから、そんなに前のものじゃないわ。

ひょっとして有紀の血？　あのドシンという音。呻き声。有紀は揉み合っているうちに倒れるか何かして怪我をしたんじゃないのかしら。でも、それならどうしてトマトケチャップだなんて、ご主人は嘘を？　もちろん、夫婦喧嘩の最中に妻が怪我をしたなんておおっぴらに言えることじゃないけれど。それにしても、なんだか変だわ。ご主人の顔、ばかに青かった。そりゃ、普段から顔色の冴えない人ではあるけれど……。

敦子はやっと思い出したように洗濯物を畳みはじめた。手がロボットのように機械的に洗濯物を畳んでいく。下着は下着。ワイシャツはワイシャツ。靴下は靴下。ハンカチはハンカチ。

十年ちかくやり続けてきた動作を繰り返しながら、思考は宙をさまよっていた。いつも欠かさず見ている水曜ミステリー劇場の始まる時刻だが、今はそのことすら忘れていた。

それに、有紀が風邪を引いて薬を飲んで寝たというのも、絶対に嘘に決まっている。そんなはずがあるもんですか。直前まであんな大声で喚《わめ》いていた人が、急に「頭が痛い」だなんて……。

頭が痛い？　頭が痛いってどういうことかしら。人は嘘をつくときでも全く現実と掛け離れた嘘はつけないというわ。それも咄嗟のときはなおさら。偽名を使うときだって、つい本名や友人の名前の一部を使ったりしてしまう。

　ということは、有紀を玄関に出さないための言い訳として、康久が言った言葉には、なんらかの事実が含まれていたということ？

「頭が痛い」ということは、「頭をやられた」という意味ではないかしら？

もしかしたら、有紀は康久につきとばされて、倒れた拍子に硬いもので頭を強く打ったのではないだろうか。あの呻き声。あれはまさに頭でも打ったときに発する声ではないか。

　敦子の脳裏に居間のサイドボードの角に寄り掛かるようにして倒れている有紀の姿がよぎった。隣の居間で硬そうなものといったらベランダ近くに置いてある、あの樫材の堂々としたサイドボード以外にはない。

　テレビの殺人シーンなどで毎度お馴染みの場面だ。被害者はカッと目を見開き（なんで目をつぶっていないのだろう？）、たいてい口かこめかみから血をタラリと一筋流しているのだ……。

　康久の肘についていた血の染みは、ぐったりしてしまった妻を抱き起こそうとしてついたもの？　つまり、康久は弾みで妻を殺してしまった⁉

　そんな馬鹿な。テレビの殺人ものや、新書判のミステリーじゃあるまいし、そうそうお手軽に殺人が起きてたまるものですか。それも親しくしているお隣で!

それでも、敦子の空想力というか妄想力はいよいよ膨らんでいった。

有紀の死体が見つかったらどうなるんだろう? 警察がやってきて、マンションはてんやわんやの騒ぎになるだろう。隣と付き合いのあった家ということで、うちにも刑事が訪ねてくるかもしれない。そのあとにはテレビのレポーターや週刊誌の記者とかが押し掛けてきて……。

「お隣とは親しくしていましたか」

「ええ。まあ、たまには夕食をご一緒するなどして」

「緒方康久はどんな男でしたか」

「どんなって。おとなしい真面目そうな方だと思っていました。とてもあんなことをする人には見えませんでした……」

「被害者の奥さんの方は」

「明るくて感じのいい人でした。でも、ちょっと気の強そうなところもありましたから……、あ、うつさないで下さい」

なんて、迫ってくるカメラを片手で遮る真似をして……。あら? でも、待てよ。はたしてそうなるかしら? これはあくまでも緒方康久が妻の有紀を殺害したという事実(?)が明るみに出た場合の話であって……。問題は、康久がこの恐ろしい事実(?)

を明るみに出す気があるかどうか、ということなのだ。

私だったら隠すわ！

敦子は自分でも驚くような大声で呟いた。

死んでしまったものはしようがないじゃない。そのために私の一生まで台なしにされるのは御免だわ。誰が自首なんかするもんですか。時効まで逃げ切ってみせるわ。緒方さんもそう思ったんじゃないかしら。だから、あんな嘘をついた？

ということは、康久は有紀の死体を人知れず処分するつもりではないだろうか。でも、どうやって？

有紀はかなり大柄な方で、脂の乗り切ったジュゴンみたいな体格の持主だ。康久も上背があって決して小柄な方ではなかったが、妻に較べれば同じ食事をとっているのが信じられないほど痩せこけている。おまけに、生まれてこのかた、ペンと箸しか握ったことがないような、あの華奢な手。色男でもないが、いかにも力はなさそうだった。

さらにここは三階である。有紀の死体をかついで運び出すのはかなり難しいのではないだろうか。いくら深夜を選んでも、このマンションは若い住人が多いせいか、夜中でも人通りはある方だし……。

でも、ひとつだけ方法がある。有紀の死体を「分割して」運び出せばいいのだ。これなら、人目につきにくいし、重量的にもなんとかなる。バラバラにしたものを生ゴミ袋か何かに詰めて運べば、たとえ途中で誰かに出会っても、ゴミを捨てに行くように見える。

ひょっとしたら、今頃、有紀の死体をバスルームまで引きずっていって、そこで衣服を脱がせているのではないだろうか。切断に使うのは、やはり鋸《のこぎり》だろうか……。

それにしても無気味なほど隣の物音が伝わってこない。一応マンションと呼ばれているだけあって、隣の物音が筒抜けになるほど安普請ではないが、それにしても静かすぎる……。

敦子はそこまで考えて、はっとしたように頭を振った。

なんてことを考えているの。隣で殺人だなんて。馬鹿馬鹿しいにもほどがある。そんなことが現実にあるわけがないじゃないの。あれは単なる夫婦喧嘩で、喧嘩していたのを知られたくないために康久はあんな嘘をついたにちがいない。

そうだわ。そうに決まっている。あの肘についていた赤い染みだって、やっぱりトマトケチャップだったのかもしれないし……。

敦子は白けた顔付きであたりを見渡した。いつのまにか洗濯物はなくなっていた。習慣というのは恐ろしい。手だけが勝手に動いて洗濯物を畳み箪笥にしまったらしい。

恐ろしい習慣はもうひとつある。夢から覚めたような気分になると、いつも愉しみにしている水曜ミステリー劇場の日だったことを思い出した。時計を見ると、既に九時をまわっている。慌ててテーブルに投げ出されていたリモコンを手にした。テレビのスイッチを入れると、画面いっぱいにハンサムな男優の歪んだ顔が大写しになった。こめかみに青筋をたてて歯を剝き出している形相から見ると、いつものように女の首でも絞めているらしい。

ボンヤリ見ていると、案の定、次には男優に負けないくらい凄まじい形相をした中年女優の顔が大写しになった。血管の浮き出た首にはお馴染みのネクタイが食い込んでいる。形相も凄いが、この女優の付けまつげがまた物凄かった。顔を左右に振るたびに、庇《ひさし》のような付けまつげが震えるというより羽ばたいているように見える。

くだらないと思いながらも、つい画面に見入ってしまった。

気が付いたときにはドラマは定石どおりの結末を迎えようとしていた。

「やっぱり作りものはリアリティがないわね……」

敦子はあくびをしながら、テレビのスイッチを切った。

時計を見ると十一時になろうとしている。優一はいつ帰ってくるのだろうか。優一はさる大手電機メーカーの営業マンで、今時流行らないモーレツ（こんな言葉さえ死語に近い）社員である。朝は低血圧の敦子が起き出す前に家を出て、夜は敦子が寝床にはいって夢ごこちの頃、帰ってくるという生活ぶりだった。

敦子はふと鼻をひくつかせた。かすかに腐臭がする。溜めておいた生ゴミが臭っているようだ。ゴミを出して来なくちゃ。朝は苦手だから今のうちに出してこよう。

黒いゴミ袋を提げて玄関まで出た。水気を吸ったゴミはかなり重たい。しかたがない。ひとつずつ運ぶことにしよう。

そう考えながら、ドアのノブをつかんだときだった。

ガチャリと隣でも開く気配がした。305号室。なんだろう、今頃。

敦子は細目に開けたドアからそっと首を出した。エレベーターの方へ向かう男の後ろ姿が目に入った。黄色いカーディガン。緒方康久だ。ふいに心臓が鳴った。

なぜなら、緒方康久は両手に引きずるようにして黒いゴミ袋を提げていたからだ。たっぷり水分を吸ったいかにも重そうな生ゴミ袋を二つも……。

3

眠りの底から釣り上げられるような感覚で目が覚めた。

ズキズキするこめかみを揉みながら、敦子は寝返りをうって、枕元の置き時計を見た。十時半を過ぎようとしている。陽の光を浴びて、白いレースのカーテンは眩いばかりだ。

厭だ。また朝寝坊しちゃったわ。

隣のベッドを見たが、むろん、夫の姿はなかった。ベッドに寝た様子もない。

敦子は学校をズル休みしてしまった子供のように重たい気分で起きあがった。出来れば一日何もせず寝ていたい。

パジャマのまま、のろのろと足を引きずってバスルームの洗面台の前まで行った。鏡にうつった顔は髪をくしゃくしゃにして、目尻に皺を寄せた中年女以外のなにものでもなかった。

ヒドイ顔。

土気色の唇にふと薄笑いが浮かんだ。これじゃ、優一に「オバサン」呼ばわりされてもしようがないわね。ほんとにオバサンだわ……。

だけど今更綺麗になって誰に見せるって言うのよ。

また独り言をぶつぶつ言いながら、歯ブラシを無造作に口にくわえた。視線が自然にブルーの柄のついた夫の歯ブラシにいった。ブラシがだいぶ傷んでいる。

そろそろ買い替えなくちゃ。

敦子はブルーの歯ブラシをつまみあげると、ポイと近くのゴミ箱に捨てた。

口中を白い泡だらけにして歯を磨いていたが、眉をひそめて、くんくんと鼻をならした。

かなり臭うわ。

生ゴミの臭いだ。昨夜、結局出さずじまいだった。今からではもう遅い。今夜こそ出してこなくちゃ……。

生ゴミ！

そうだわ。

寝起きの悪い敦子の頭が俄《にわ》かにシャンとした。昨夜生ゴミを出そうとしたところで、たまたま隣の主人を見掛けたんだっけ。両手に重そうなゴミ袋を二つも提げてエレベーターに向かう後ろ姿を。

あの黒い袋のなか、本当に「生ゴミ」だったのかしら？　どうしてあんな時間に康久が？　まさかあのなかは切断された有紀の……。

ううん、馬鹿な。そんなことはありえない。死体を詰めた袋を何食わぬ顔でゴミ置き場に出しておくなんて。そんな大胆な！　でも、あの二つの袋をなにも下のゴミ置き場まで持って行ったとは限らない。あれを持ったまま、駐車場まで行き、車でどこか人目につかないところまで捨てに行ったたってことも考えられる……。

馬鹿げている。私は朝っぱらから何を考えているんだろう。誰に話したって妄想だって嗤《わら》われるわ。隣で殺人があったなんて。しかも康久が有紀の死体をバラバラにしてゴミ袋に詰めて処分したなんて。

あの現実的な優一が聞いたらなんて言うだろう。一笑に付されてしまうだろう。いつたいに。鼻で嗤われるわ。

そして、こう言うに決まっている。「証拠でもあるのか」それからゲラゲラ笑ったあとで人を小馬鹿にしたような目付きで見ながらこう言うのよ。

「おまえ、頭がおかしくなったんじゃないのか？」

証拠。そうだわ。証拠をつかめばいいのよ。隣で昨日殺人があったかどうか……。あら、私ってなんてお馬鹿さんなの。有紀が「生きている」かどうか確かめる簡単な方法があるじゃないの。彼女が友達とやっているという西新宿の店に電話してみればいいのだ。いつも十一時すぎには店に出ていると言っていた。電話に有紀が出れば万事解決。すべてが私の妄想だったということになる。

どこかに以前彼女から貰ったアクセサリーのカタログがしまってあったはず。あれに店の電話番号が印刷されていた。

敦子は慌てて口を漱《すす》ぐと、洋箪笥のある居間まで行った。引き出しを片っ端から開けてみた。

あった。これだ。ここに電話してみればいい。まだ十一時になっていないから、もう少し待って……。これで何もかもハッキリする。

じりじりする思いで時計が十一時を過ぎるのを待った。針が十一時十五分を指したところで、おあずけを解かれた犬のように電話機に飛び付いた。有紀が「生きていたら」もう店に着いている頃だ。震えそうになる指で番号をプッシュした。呼び出し音。向こうの受話器のはずれる音がした。

「はい。ジュエリー・ユキですが」

　気取った女の声が出た。店は有紀の方が出資額が多いということで、彼女の名前がついている。この声は有紀？　違うような気がするが……。

「あの、緒方有紀さん、おられますか」

「どちら様でしょうか」

「有紀さんの友人で辰巳と申しますが、カタログを見ていたら欲しい品があったので……」

　もし有紀が出たら、安いファッションリングのひとつでも買えばいい。

「緒方はあいにく風邪で休んでおりますが。どの品でございましょう？」

　風邪で休んでいる？　電話の相手はどうやら共同経営者の女性のようだ。有紀は店に出ていない！

「あの、風邪というのは有紀さんがご自分で……？」

　電話してきたのか、というニュアンスをこめて訊いた。

「さっき、ご主人からそう伝言がありまして。あのそれで、お品の方ですけど」

有紀の友人と名乗ったことで、相手は気さくにそう答えた。有紀が直接電話してきたわけではないんだ。康久が電話してきたという。ということは、この共同経営者は有紀の声をきいていないということになる……。

「もしもし？」

受話器の向こうから声が響いていたが、構わず電話を切った。

これはどういうことだろう。有紀は「風邪」で店を休んでいる。昨夜、康久が言っていた言葉とは矛盾しない。有紀の「風邪」が思いのほか重くて寝込んでいるのだとしたら、あんな夜遅くに夫の康久がゴミを出しに行ったのも説明がつくが……。

でも！

これでは、有紀が「無事」だという証明にはならないではないか。やはり、彼女はもしかしたら……。

それにしても、もし康久が本当に殺人を犯していたら、いつまで隠しおおせるだろうか。二、三日は「風邪で寝ている」という口実で切り抜けられるかもしれないが、有紀がいつまでも店に出なければ、さっきの共同経営者が怪しみ出すだろうし、このマンションの住人だって……。

そこまで考えて、「あっ」と声をあげた。マンションの住人といっても、親しくしているのは自分たち夫婦だけではないか。他の住人とは殆ど交流がないようだ。その点では敦子たちも同じだった。親しく行き来しているのは、隣の緒方夫婦だけである。

それにここは賃貸だから、いつ引っ越してもおかしくはない。親しくしているといっても、そんな深い付き合いではないから、どこかに引っ越してしまえばそれまでだ。

でもあの共同経営者の女性をごまかすのは……。敦子の頭に奇怪な推理が閃《ひらめ》いた。昨夜、ベランダで聞いた有紀の台詞。確か、「あの女とは別れるって言ったじゃないの！」。

二人はどうやら康久の女性関係のことで喧嘩していたらしい。よくある話だ。敦子夫婦だって、つい最近それで派手にやりあったばかりだ（康久も優一もたいしてイイ男でもないのに、どうして一人前に愛人をもちたがるのだろう……）。

有紀の言っていた「あの女」とはもしかしたら、さっきの電話の相手ではないだろうか。推理というよりも下衆《げす》の勘ぐりに近かったが、ありえないことじゃない。妻の仕事仲間なら康久も何度か会っているだろうし、そのうち、つい一線を越えて「仲良くなって」しまう可能性だって充分ある。

あの共同経営者が康久の愛人だとしたら、話は厄介なことになる。彼は妻殺しを打ち明けたかもしれない。彼女は当然男を庇おうとするだろう……。

緒方有紀がこの世から突然消えたことを誰にも悟らせない方法はあるのだ。たとえば、有紀はしばしば海外旅行に出掛ける。それを利用して彼女が遠い海外で行方不明になったように仕組むことだって出来るではないか。うまくやれば、地方にいる有紀の両親だって騙せるだろう。

緒方康久は何食わぬ顔をして完全犯罪を成功させてしまうかもしれない。

そんなことはさせない！　それでは殺された有紀があまりに可哀そうではないか。なんとか康久の犯罪を暴く手はないものかしら。

しかし、まだ警察に通報する段階ではない。もし、警察なんか呼んで、すべてが私の妄想だと分かったときには、隣との関係は今までどおりというわけには行かないだろうし、下手をすると、いたたまれなくなって引っ越すはめになるかもしれない。

駄目、駄目。警察はまだ駄目だ。とにかく、有紀の「生死」を確かめることが先だ。

敦子はパジャマを脱ぎ捨てると、ブラウスとスカートを急いで身につけた。隣をまた訪問するうまい口実を考えながら。

なにか、いい手はないかしら。有紀が無事かどうか、一目その姿を見るチャンスを与えられるような口実が。なかなか思いつかない。どれも、康久に巧みにかわされてしまうようなことしか……。

そうだわ！

有紀の姿を見ることはできないかもしれないが、有紀がまだ生きているかどうか、康久の反応を見る口実を思いついた。もし、私の提案に康久が渋るか拒絶したら、いよいよ怪しいということになる。今まで、一度も断ったことがないんだから……。

敦子は部屋を出た。３０５号室のインターホンを鳴らす。やはり、かなり間があって隣の主人がドアを開けた。昨日同様、細目に用心深く。インターホンを鳴らしてから出てくるのに時間がかかるのは、どうやらドアに付いた覗き穴で訪問客を確かめているからだろう。敦子も玄関のチャイムが鳴れば必ずそうしている。

「有紀さんのお加減、いかがでしょうか」

敦子はなるべく笑顔を作って言った。康久のこめかみがピクリと動いたような気がした。まだ昼前ということもあって、白と青の棒縞のパジャマのままだった。

「だいぶ良くなったんですが、まだ起きられないようなんですよ……」

永遠に起きられないんじゃないのかしら。

「ご主人もお仕事がおありなのに大変でしょう。今年の風邪はしつこいというから。なんなら私、手がすいているので看病してさしあげましょうか」

康久はとんでもないという風に片手を振った。

「いやいや。それには及びませんよ。大丈夫です。そのお気持ちだけで……」

やっぱりね。そう言うだろうと思ったわ。なにがあっても有紀に会わせないつもりらしい。

「そうですか。それなら、有紀さんの風邪が治ったら、久し振りにうちで一緒にお食事でもしません？　いつでもそちらのご都合の良い日でいいんですけど」

敦子はそう言いながら、穴のあくほど男の顔をみつめた。筋肉のひくつき一つ見逃さないつもりで。

康久の顔に動揺の色が現れた。眼鏡の奥の目がキョトキョトと休みなく動いている。喉が渇いてしようがないというように、しきりに唇を赤い舌でなめた。

「しかし、優一君はだいぶお忙しいようですが」

「あら、うちの主人なんてどうでもいいじゃありませんか。三人だけでも」

敦子は「三人」にアクセントを置いて言った。

さあ、断れるものなら断ってみなさい。今まで一度も食事の誘いを断ったことがないくせに。

「そうですね……」

康久は慎重に考えこみながら言った。

「家内の具合さえ良くなったら、伺わせてもらいましょうか……」

その口調には不承不承という感じがありありと出ていた。ひどく警戒しているような声であり顔付きだった。

変だ。絶対になにかがおかしい。食事に誘ってこんな厭そうな顔をされたのははじめてだった。

「それでは、お大事に」

敦子の言葉が終わらないうちに、康久はドアをバタンと閉めた。巣穴に逃げ込む鼠のように。

敦子の疑惑はなかば確信に変わりつつあった。

4

玄関のチャイムが鳴った。

敦子は編み針を動かす手をとめた。優一？

反射的に時計を見る。まだ九時少し過ぎだ。優一にしては早すぎる。新聞の集金かしら。でも、新聞の集金なら、いつも夕方だ。こんな遅く取りに来たことはない。

誰かしら……。

編み物を置くと、玄関に出てみた。痺れをきらしたように、またチャイムが鳴った。

敦子はドアの覗き穴に片目をくっつけて外を見た。思わずぎょっとして顔を離したのは、向こうでも覗き穴を覗き込むように顔を近付けていたからだ。

緒方康久だった。

なんだろう、こんな時間に……。

敦子は不審に思いながら施錠を解いた。

「どうも、夜分に」

康久は、ドアを細目に開けて顔を突き出した敦子を見ると、ペコンと頭をさげた。

「何か？」

「優一君おられますか」

主人？

「いいえ。まだ帰ってきてませんけど……」

「あれ、そうなんですか。いや、さっき煙草を買いに下に降りたら、駐車場におたくの車があったもんだから、てっきりもう帰られたのかと思って」

康久はそう言ってガリガリと頭を搔いた。紺色の薄手のセーターの肩にフケが舞い落ちた。

「最近呑んで帰ることが多いので、車は置いて行くんですの。あの、それで、主人に何か？」

敦子は頭ひとつ分背の高い隣の主人を見上げた。

「ちょっと、ゴルフのビデオでも借りようかな、と思って。そうですか。まだ帰られてないんですか。それならいいんですよ」

「緒方さん、ゴルフをはじめるんですの？」

　敦子は驚いて訊いた。いつだったか、一緒に食事をしたとき、康久が「ゴルフは嫌いだ。電車のなかでバカでかいゴルフバッグを得意そうに抱えている奴を見ると胸くそが悪くなる」と言っていたのを思い出したからだ。その彼がゴルフを？

「たしかゴルフはお嫌いだって……」

「今でも好きじゃありませんけどね。実は、私、今度勤めに出ることになりましてね。いつまでも売れない童話なんか書いていてもしようがないんで、ここらで見切りをつけようと思いまして。遠縁にあたる者が重役をしている会社になんとかコネで潜り込めそうなので……」

「まあ、そうでしたの。それでゴルフを？」

「サラリーマンになるなら、つきあいゴルフくらいできませんとね……」

　隣の主人はそう言って、また頭を搔いた。

「申し訳ありません。お貸ししたいんですけど、ビデオコレクションにはみだりに触るなと主人から言われてますもので」

「いいんですよ。お気遣いなく。別に急ぐわけでもないんですから。それにしても、優一君は毎晩遅くまで大変なんですね？」

　康久は敦子の肩ごしに中を覗き込むような目付きをした。

「ええ。今夜もどうせ午前様に決まってますわ」

「そうなんですか。奥さんも大変ですね。ご主人が遅いと夜中など不用心でしょう……？」

男の目が眼鏡の奥で妙な光り方をした。

「ええ。でも仕方ありませんわ。仕事だそうですから」

敦子は弱々しく笑った。本当はなんで遅くなっているのか知れたものではない。

「それで有紀さんはあれからいかがですの？」

夫の話題など不愉快なだけだったので、話を変えた。

「お蔭様で、熱はさがったようでして。まあ、あと一日ゆっくり寝ていれば回復するでしょう」

「お医者さまに見せなくてもよろしいんですの？」

「その必要はないようです。それに、あれは医者ぎらいで……」

康久は敦子の強い視線から目をそらして言った。

「あ、そうだ。その有紀から言づかってきたんですが」

男は、うっかり忘れるところだったというように、さりげない口調で続けた。

「昼間の食事の件ですが、よろしかったら、土曜日にうちの方でいかがかと」

「おたくで？」

敦子はやや意外な気がして問い返した。

「ええ。家内はそう言ってるんです。先月はおたくでご馳走になりましたから、今月はうちでお招きする番だと。土曜あたりでしたら、具合もよくなっているでしょうし、優一君も休みだから、久し振りに四人揃って食事を楽しみましょう、と」

四人揃って？　はたして四人揃うことができるかしら……。でもこうして隣の主人が夕食に誘ってくれるということは、やはり有紀をどうかしたというのは私の妄想に過ぎなかったのかしら。敦子がそう思いかけたときだった。

「家内もおおいに腕をふるうと言っておりましたよ。最後の晩餐になるのだからと」

康久はそう言ったのだ。

「最後の晩餐？」

康久がさりげなく言った言葉を聞き咎めて、敦子は声を高くした。

「いや、実は今までなんとなく言いそびれていたんですが、私ども引っ越すことになりまして……」

「引っ越す⁉」

敦子は悲鳴に近い声をあげた。引っ越すですって……。

「そうなんです。ここにいられるのも今月いっぱいまでなんですよ」

「で、でも、そんな話、今はじめて聞きますわ」

「申し訳ない。前から考えてはいたんですが、ついおたくには言いそびれてしまって」

「どちらへ越されるんですの？」

「大阪に」

「大阪⁉」

「そうなんですよ。新しい勤め先が大阪なもんで」

「でも、それでは有紀さんのお店は？」

「ああ、あれは共同経営者の方にお譲りするそうです。たいして収入にもならない店ですし……」

「あの、それで大阪のどこに？」

「まあ、詳しい住所は落ち着いたらお知らせしますよ」

康久はそう口を濁した。

「そういうことですので、土曜日には優一君もぜひご一緒に。最後の晩餐をうちで盛大にやりましょう」

隣の主人はそう言うと、「じゃ」と頭をさげた。敦子は狐につままれたような呆然とした気持ちでドアを閉めると、居間のソファに腰をおろした。

引っ越すとは……。それにしても急な話だ。有紀からもそんな話は一度も聞いてはいない。まさか……。一度打ち消した疑惑がまたもや黒い鎌首をもたげてきた。

もし、康久が妻をどうにかしたなら、あの部屋から引っ越そうとするのは当然の行為と言ってもいい。殺人のあった部屋に、しかも風呂場で「死体を切断した」部屋にいつまでも平然と暮らしていられるわけもない。

おまけに、有紀の不在を隣近所に怪しまれるもとにもなる。こうなったら引っ越すしか手はないだろう。

有紀の店は共同経営者に任せると言っていた。なんという上手い口実だろう！　あの共同経営者の女とグルだとしたら、有紀があの店に出なくなっても誰も怪しまないだろう。

「最近、有紀さんの姿がみえませんのね」

「それが、ご主人のお仕事の都合で大阪に引っ越しましてね、私が店を任されることになりましたのよ。おほほほほ」

これで片がついてしまう。

やはり、康久が有紀を殺してしまったのではないか。この急すぎる引っ越しがそれを証明しているではないか……。

ただ、解せないのは、土曜日に敦子夫婦を食事にわざわざ招待した康久の思惑である。有紀がもうこの世にいないとしたら、彼女が「最後の晩餐」のために料理の腕をふるうことなどありえない。それなのに、何故あんなことを言ったのだろう。

でも、待てよ。今日は木曜日。土曜までにはまだ日がある。こちらを安心させておいて、その間にこっそり夜中にでも引っ越してしまうつもりかもしれない。

こちらを安心させておいて？

そこまで考えて、敦子はぎょっとした。ということは、私が彼の犯罪を嗅ぎ付けたことを薄々感じとったのではないか。あのとき、私はベランダに立っていた。ガラス戸から顔を出した彼と目が合ってしまった。彼は後で私に何もかも知られたことを悟ったのではないだろうか。

康久は知っている！

私が彼を妻殺しの罪で疑っていることを！

私さえいなかったら、彼の犯罪は隠しおおせると考えたとしたら⁉

敦子はある恐ろしい考えに襲われて、ソファから飛び上がった。

さっき、彼は妙に優一の帰りを気にしていた。私の肩ごしにうちの中を探り見るような目をして。それにゴルフのビデオのこともなんだか変だ。あれほどゴルフ嫌いだった人が、急にゴルフをやろうと思い立つなんて、なんだかおかしい。

あれはうちを訪問するための口実だったんじゃないかしら。なんのために？　むろん、優一がまだ帰ってないことを確かめるためにだ。ああ、私はなんて馬鹿なことを言ってしまったんだろう！

「どうせ今夜も午前様に決まってますわ」

優一が遅くなるまで帰らないことを自分の方から教えてしまうなんて！

あのときの康久の日。妙な光り方をした。そして、彼はこう言った。

「そうなんですか。奥さんも大変ですね。ご主人が遅いと夜中など不用心でしょう……？」

不用心ってどういうこと？

敦子は鳥肌のたつ思いでベランダの方を見た。ベランダは隣とつながっているわけではなかったが、かなり接近している。その気になれば隣から忍び込むことだって不可能ではない。

ベランダ伝いに夜中に忍び込まれたら⁉

そう考えたら、居ても立ってもいられなくなった。敦子はベランダ沿いのふたつのガラス戸に飛び付くと、大急ぎで雨戸を閉めた。それでも安心できなかった。

テレビをつけても全く身が入らない。ささいな物音にもビクッと身体を震わせた。

妄想よ。みんな私の妄想だわ。

そう自分に言い聞かせても不安は去らなかった。

こんな日は優一に早く帰ってきてもらいたい！

両手で自分の身体を抱き締めながら、心底そう思った。が、いつまで待っても夫が帰ってくる兆しはなかった。

時計が十一時を指したとき、電話が鳴った。

優一⁉　敦子はさして大きくもない音に飛び上がりそうになりながら、電話を見た。優一のはずがない。いくら遅くなっても電話を入れるような夫ではなかった。そんな心遣いを見せたのは、結婚してほんの数年の間だけである。

敦子はおそるおそる受話器を取った。

「辰巳でございますけれど……」

受話器の向こうからは何も聞こえてこない。が、じっと息を殺した気配のようなものは伝わってくる。

無言電話？

「もしもし？」

ガチャリと受話器を置く音がした。誰⁉　敦子の脳裏に一瞬緒方康久が受話器を置く姿が浮かんだ。

私の声を聞いて電話を切った？　今のは康久ではないだろうか。まだ優一が帰ってないことを確かめたのではないか。私がこの部屋に独りでいることを確かめたのだ……。

零時すぎにベッドに入ったが、むろんまんじりとも出来なかった。玄関の鋼鉄の戸は二重に施錠されているし、ベランダに出られるガラス戸には雨戸。康久が私を襲おうとしても、どこから入ってくるというのだ？

眠ろう。よけいなことを考えずに眠ろう。

うとうとしかけても、いつのまにか緒方康久の黒い影がベッドの傍らに佇んでいる幻覚に襲われて、敦子ははっと目を覚ました。

結局、夜がしらじらと明けるまで眠ることができなかった。そして、どこかで鶏の鳴き声がするのを聞きながら、敦子は優一が朝まで帰ってこなかったことを知った。

呑んで遅くなったのではないのだ。やはり、あの女のところに泊まっていたのだ。この数日間、ずっとそうだったに違いない。朝、目が覚めると夫の姿が見えなかったのは、そもそも家に帰ってきてはいなかったのだ。

会社にもあの女のところから通っているに違いない。あの女。腰まで髪をのばした、私よりも十も若い女。

敦子は思い出した。三日前、珍しく早めに帰宅した優一と派手にやりあったことを。そのあげく、優一が「彼女と暮らす！」と言い出して、荷物をまとめたことを。

どうして忘れていたのだろう。夫は帰ってこない。いくら待っても、もう戻ってはこないつもりなのだ。そのうち離婚届だけを送り付けてくるのだろうか……。

彼女はそれを思い出して苦い涙を枕にこぼした。

5

とうとう土曜日の夕方がやって来た。夕食は六時からだ。康久は結局夜逃げもせず、敦子を襲いにも来なかった。

やはり私の考えすぎだったのかしら。殺人などなかったのだ。全部私の妄想だった。でも、困ったわ。今日は優一と一緒に招かれている。彼のことをなんて言おう。まさか、うちを出て別の女のところで暮らしています、なんて言えやしない。私は捨てられた妻です、私よりも綺麗で若い女と夫は暮らしています、なんて。接待ゴルフとかなんとか上手くごまかしておこう。

敦子は鏡の前に座った。鏡はうっすらと埃を被っていた。鏡に向かうなんて何日ぶりだろう。白粉をたたき紅をひくのは久し振りだった。染みや雀斑《そばかす》の浮き出たくたびれかけた中年女の顔が、見る見る間に艶やかになっていく。

私だって、まだそう捨てたものじゃないわ。この装った顔を優一に見せてやりたい。あんな歳だけ若い女なんてすぐに飽きるに決まってる。そのうち、スゴスゴと舞い戻ってくるだろう……。

一番濃いレッドを選ぶと、思い切り唇に塗りたくった。頬紅もピンクではおとなしすぎる。濃いめのオレンジを出すと丹念に頬骨に沿って刷いた。

夜の女のような顔になって、敦子は鏡に向かってニッと笑った。

３０５号室のインターホンを鳴らすと、今度はすぐに康久が出た。敦子の濃い化粧と胸の開いた大胆な紅いワンピースを見て、ぎょっとしたような表情をしたが、気を取り直したように笑顔になると、「どうぞ」と中に招き入れた。

ダイニングルームのテーブルにはクリーム色の薔薇が飾られ、白い皿にフォークやナイフが照明にキラキラ輝いていた。

そして贅沢さを演出する葡萄酒の瓶の深紅のきらめき。

敦子はあたりを見回しながら訊いた。有紀の姿が見えない。

「あの、有紀さんは？」

「ステーキに付け合わせるクレソンを買い忘れたといって、さっき近くのスーパーに。なに、もう帰ってきますよ。ところで、優一君は？」

康久はそう言って、逆に訊ねた。

「それが、朝から接待ゴルフだと言って。仕事みたいなものですわ。緒方さんにはよろしくとのことです」

敦子はスラスラと嘘を吐いた。

「そうなんですか。それは残念ですね。大変だなあ、土曜というのに……」

「仕事、仕事と言ってますが、あれで本人は結構楽しんでるんですわ」

「まあ、仕方がない。それではとりあえず三人で」

「ええ。三人で」

敦子は椅子に座って微笑んだ。

「それにしても、有紀のやつ、遅いな。クレソン一束買うのに何をやっているんだ……」

隣の主人は腕時計を見ながら、舌打ちした。

「こうして待っているのも間が抜けているので、先にやってましょうか」

康久は赤ワインの方に手を伸ばしかけた。

「あら。それはいけませんわ。三人揃ったところではじめなければ。最後の晩餐なんですもの」

「そうか。それもそうですね。こうして辰巳さんとご一緒に食事ができるのも最後なんですね。やはり優一君も来て欲しかったなあ……」

「ええ……」

向かい合った二人に沈黙が訪れた。奇妙に重苦しい沈黙が。

「有紀さん、ほんとうに遅いですね……」

敦子は沈黙に耐えられなくなって言った。なぜか喉がひどく渇いていた。

「そうですね……なに、もうじき帰ってきますよ。どれ、レコードでもかけましょうか……」

隣の主人は椅子を軋ませて立ち上がると、居間の旧式のステレオの前まで行った。敦子の方に背中をみせてレコードを物色している。

敦子はふと奇妙な疑惑にうたれた。

有紀は本当に生きているのだろうか。

ダイニングルームには確かに有紀が用意したように見える食器類や花が出されている。でも、こんなことは康久でもできることだ。

もしかしたら⁉

ふいにステレオの音が響いた。クラシック風の音楽だが、やけに音が大きい。敦子は吃驚《びっくり》して椅子から飛び上がりそうになった。

どうしてこんな大きな音にするの⁉　まるで何かの音を隠すみたいに……。

何かの音を隠す？　私がこの部屋に入ったのは誰も見ていない。もし、康久が私をこの部屋から帰す気がないとしたら……？

まさか！　そんな「馬鹿なこと」をするわけがないわ。だって、彼は優一があの女のところに泊まり続けていることを知らないんだもの。私をここでどうにかしようなんてことを考えるはずがない。でも、もしかしたら……。

あの日、優一と私は居間のベランダ近くでかなり大声でやりあっていた。そして、優一はどなるように、「もういい。おまえにはウンザリだ。俺は出て行く。彼女と暮らすんだ！」と言った。もし、その言葉を隣で彼が聞いていたとしたら？

優一がうちに帰ってこないことを知っている⁉

敦子は突然閃いたこの疑惑に震え上がった。馬鹿な私！　これでは、自分からノコノコ罠にはまりに来たようなものではないか。

やはり康久は有紀を殺している。そして、それを知ってしまった私も……。

大きすぎるステレオの音。これでは悲鳴をあげても掻き消されてしまう！

突如、後ろから首筋に男の手が触れた。敦子はぞっとして身を強張らせた。

殺される！

「奥さん……」

そのときだった。玄関のドアが威勢良く開いたのは。

「ただいま。遅くなってごめんなさい。スーパーにクレソンなくて、休みなの忘れてたの。駅前の八百屋まで行ってきたもんだから」

見ると、そこに立っているのは、まぎれもなく緒方有紀だった。

緒方康久がつまみあげたものを敦子に見せながら言った。

「肩に糸くずがついていましたよ……」

6

緒方家での晩餐を終えて、敦子が部屋へ戻ったのは八時すぎのことだった。ワインの酔いで夢心地のままソファに座った。

緒方有紀の屈託のない笑い声が苦笑とともに思い返される。

「私が殺されたと思ったですって？　それも主人に？」

敦子が酔った勢いで、今までの疑惑を打ち明けてしまうと、有紀はそう言って、しばし笑いがとまらないというように身体を折り曲げていた。

「うちのは妻はおろか虫一匹殺せる人じゃないわ。あなたもとんでもないことを想像されたものねえ」

「ご、ごめんなさい。だって、失礼だけれど、あの日、ベランダでお二人が言い争っているのを聞いてしまったものだから。いえ、けっして立ち聞きしようとしたわけじゃなくて、その、たまたま取り込み忘れていた洗濯物を入れようとベランダに出たら……」

「犬も食わない夫婦喧嘩の声がしたというわけね。恥ずかしいわ。あのときは私もついカーッとなっちゃって。大声で喚いたりして」

「あのドシンという物音は何だったの？　あのあと呻き声のような音も聞こえたので、

まさかとは思ったけれど……」

「ああ、あれ。あれは主人と揉み合ってるうちに尻餅ついただけなのよ。たしかにそこのサイドボードに頭をぶつけたけど、タンコブができただけ」

有紀は血のしたたるようなステーキを頬ばりながらケロリとした顔でそう言った。

「じゃ、康久さんの肘についていた赤い染みも……？」

「だから言ったでしょう。あれはトマトケチャップだって。嘘じゃないんですよ」

康久がワイングラスを置くと言った。

「あの日は夕飯にオムレツを作ったの。そのときかけたトマトケチャップが肘についていたのよ、きっと」

と、有紀。

「なあんだ……」

「でも、康久が私を殺したとしても、死体の処分に困るとは思わなかったの？」

有紀は自分が被害者になったことが面白くてたまらないというように言った。

「だから、それはひょっとしたら、お風呂場でバラバラにして……」

「バラバラ⁉」

「だ、だって、そうすれば運び出すのに都合がいいし……」

「ひどい」

「ご、ごめんなさい。私ったらとんでもないこと考えていたのね……」

「ほんと。敦子さんて大人しそうな顔して凄いこと想像するのね」

「でも、あの夜遅く、康久さんが大きなゴミ袋を二つも提げて出て行くのを見掛けたものだから、てっきり……」

「あれはただの生ゴミ。つい出すのを億劫がっているうちにあんなに溜まってしまったの。私、主人と喧嘩して転倒したあと、頭が痛くなったのよ。最初はサイドボードで頭を打ったから、そのせいかと思ったんだけれど、どうも熱っぽいんで、体温を測ったら、かなり高かったのね。それで薬を飲んで寝てしまったの。だから、ゴミは主人に出して貰ったんだけど。朝は寝坊していたいから厭だといって、あんな遅くに。それだけのことなのよ」

真相を知ってみればたあいのない結末だった。急な引っ越しの件にしても、前から準備していたことなのだと言う。ただ、たまたま敦子には話すチャンスがなかったということだった。

やれやれ、この四日間、私は起こりもしない殺人におびえていたのだわ。いもしない殺人者の影を見て……。

敦子はほっとするような、それでいてどこかガッカリするような気分でそう呟いた。

ガッカリ？

私は有紀が無事だったことを知ってガッカリしている？　敦子は自分の心の微妙な動きになんとなくぞっとした。

あんな恐ろしい妄想に浸ったのも、毎日が退屈で退屈でたまらなかったからかもしれない。何かが起こればいいと思っていたのだ。自分の身近に、それも、とてもスリルのあることが。

でも、すべてが妄想だった。殺人は起こらなかった。何もかもが振り出しに戻ったのだ。優一の欠けた日常に……。

それにしても、康久の女性関係のことが喧嘩の原因だったらしいが、その問題は片付いたのだろうか。あまり露骨に訊くのもどうかと思って黙っていたのだが。どうやら、さきほどの二人の仲むつまじさから察すると、雨降って地かたまるというところかもしれない。

羨ましい。私の方は最も最悪の事態になっているというのに……。

だけど、あの有紀でさえ、夫に他に女がいると知ったら、あんなに逆上するのね。

敦子はあのときの有紀のヒステリックな喚き声を思い出してクスリと笑った。女なんてみんな同じよね。いざとなったら、あんなに取り乱して。まるで別人みたいだったじゃない……。

別人？

そのとき、ふいに敦子の耳元で悪魔が囁いた。

あれは有紀ではない。別人だったのだ。おまえはあの二人に騙されている。おひとよし。まんまと一杯食わされて。

敦子はワインの心地よい酔いも醒め果てて、愕然とした。新たな疑惑が頭に閃いたのだ。

あのとき、ベランダ近くで喚いていた女。

あれは本当に有紀だったのだろうか⁉

私はあのとき有紀の、いや有紀らしい女性の声だけは聞いたが、姿までは見ていない。見たのはガラス戸を開けようとした女の白い指先だけだ。

あれは有紀？

康久と言い争っているので、てっきり妻の有紀だとばかり思い込んでいたが、もし、あれが別の女性だったとしたら？

あの日、有紀の帰りはもっと遅かったのではないだろうか。そして、妻の留守に康久の愛人が訪れていたとしたら？

あのとき女の声はたしかこう言った。

「何よ。あの女とは別れるって言ったじゃないの！　この裏切り者！」

あの台詞は妻が夫の裏切りを責めているようにも取れるが、逆に、男の裏切りを知った愛人の方が思わず喚いた言葉とも取れるではないか。

「あの女」とは有紀のことだったのではないだろうか。康久は有紀と別れて、その女と結婚するようなそぶりを見せていたのかもしれない。それを土壇場で翻した。騙されたことを知った女は男のうちに乗り込んできて、そこでいさかいとなり、弾みで康久は女を殺してしまった。

敦子の頭のなかで殺人の図式が反転した。黒が白に、白が黒に。殺されたのは有紀ではなく、もうひとりの女のほうだ！

康久はやはり女をひとり殺していたのだ。そして、妻の有紀が夫を庇うために協力した。あの夜、有紀は店から戻って、部屋で死んでいる女を見付けた。康久は何もかも妻に打ち明けたに違いない。乗り込んできた愛人をうっかり殺してしまったこと。それをどうやら隣の私に嗅ぎ付けられてしまったらしいこと。有紀はそれを聞いて、夫を殺人者にしないためにひと芝居うつことを思いついた。

私があの女を有紀と勘違いしたらしいことを利用して、わざと風邪だと偽って、殺されたのが自分の方だと私に思い込ませようとしたのではないだろうか。

そして、こちらの疑惑が高まったところで姿を現し、すべてが私の妄想だったように思い込ませる。有紀が無事だったことから、殺人までなかったように私に思い込ませようとしたのだ。

殺人は行われていた！

ただ被害者が違っていただけだったのだ。殺されたのは妻ではなく、愛人の方だった。康久の女は殺され、やはりバラバラにされてどこかに捨てられたに違いない。あの日、夜遅く彼が提げていたゴミ袋のなかには女の死体が入っていたのだ。切断は有紀も手伝ったのかもしれない……。

敦子はレアのステーキを有紀が嬉しそうに皿の中で切り刻んでいたことを思い出した。ナイフを入れるたびに、白い皿が真っ赤になって……。思わず目をそらしてしまった。血の滲み出た肉の断片は生唾よりも吐き気をなぜか催させた。それを有紀は喜々として口に運んでいた……。

どういう神経をしているんだろう。

敦子の方はミディアムの肉を殆ど残してしまったというのに。

ああ、私ったらまたこんな途方もないことを考えて！

敦子は次から次へと頭に湧きあがってくる黒い想念をかぶりを振って追い払おうとした。

これもやっぱり私の妄想だ。隣のご夫婦が幸せそうなので、私は嫉妬してこんなことを考えるのだ。二人の仲むつまじそうな食事風景を見て、今頃、優一とあの女もこうして……と思ってしまったのだ。だから、あの二人が何事もなく幸福でいることが許せないのだ……。

もうやめよう。こんなことを考えるのは。隣で殺人が起きようが起きまいが、もう私には関係ない。あの二人は来月にはもうあそこにはいないのだし。もし、あの二人が殺人者だとしたら、大阪へ引っ越しても便りひとつよこさないだろう。それならそれでいいではないか。

どこかの名前も顔も知らない女が行方不明になった。ただそれだけのことにすぎない。もうこんなことを考えるのはキッパリやめて、今日はお風呂にでもゆっくり浸かって早めに寝てしまおう。

隣で殺人だなんて。考えてみれば馬鹿馬鹿しい。

敦子はそう呟きながら立ち上がると、風呂場に行った。ここ数日間、風呂に入っていなかったことを思い出しながら。

7

「敦子さん、私たちが急に引っ越す本当の理由を知ったら吃驚《びっくり》するでしょうね」

隣の主婦が帰ったあと、緒方有紀は汚れた皿を流しに移しながら言った。

「まあね」

康久も後片付けを手伝いながら頷いた。

「ねえ、本当に引っ越さなければ駄目？　私、ここのマンション気にいっているんだけど……」

「まだそんなことを言ってるのか。きみは気味悪くないのか、ここが。僕は一日たりともこんなところに居るのは御免だね」

康久は妻の無神経さが信じられないというように声を荒げた。そして、盗み見るような目で風呂場の方角を見た。

「でも、移るにしても、あまり急ぎすぎて怪しまれないかしら？」

「さっきの様子だと、怪しんでいるようには見えなかったぜ。こちらの話を全部真に受けているようだったじゃないか」

「あなたが勤めに出るって話は本当ですものね。ただ引っ越し先は大阪じゃなくて……」

「大阪だって言っておけばいいんだ。同じ東京に住んでたって、ここを出てしまえば二度と顔を合わすこともないだろう。もうあの女とはかかわり合いたくないよ。きみだって見ただろう。さっきのあの女の顔を？　道化師みたいな化粧して。ドア開けたとき、『わっ』って叫びそうになったぜ」

「ちょっと化粧が濃かったみたいね」

「濃かったなんてもんじゃない。異常だよ。どっかおかしいんだよ、あの女。前から変だと感じていた」

「だけど、私、まだあなたの話が信じられないわ。あんな大人しそうな人が？」

「絶対間違いないってば。僕はあの日、ちょうどベランダで煙草をふかして、聞いたんだ。ほら、いつもきみが煙草を吸うときは部屋の外で吸えってうるさいから、あのときも……」

「そうよ。ヤニでカーテンが汚れるし、部屋のなかが臭くなるんですもの」

「だから、あの日、ベランダで一服してたら、隣からどなり合う声が聞こえてきたんだ。八時ごろだった。きみが帰ってくる少し前さ」

「その話は何度も聞きましたけどね。あら、やだ。こんなに残して。高かったのよ、このヒレ肉」

　有紀はもったいなさそうに皿のなかのステーキの残骸を捨てた。

「隣では夫婦喧嘩の真っ最中だった。優一君とあの女がさかんに大声でやりあってたんだ。立ち聞きしたわけじゃないが、ベランダに出ていたら厭でも聞こえてくるような大声だったんだからね」

「隣のご主人の女性関係のことでやりあってたって言うんでしょ。夫婦喧嘩のもとはたいていそうよ」

有紀は皿洗いを手伝う夫の方を皮肉っぽく見た。

「またそれを言う。まあ、僕の方はたんなる浮気にすぎなかったけれど、隣はそうでもなかった。かなり話が深刻だった。そのうち、優一君のどなる声が聞こえた」

「『もういい。おまえにはウンザリだ。俺は出て行く。彼女と暮らすんだ！』でしょ。耳にタコができてるわ」

「おかしいのはその後なんだ。優一君のその声を最後にプッツリと何も聞こえなくなったんだからね……」

「だから、優一さんが怒ってうちを出て行ったんじゃないの？」

「いや、そんなはずはない。僕はそのあとずっとベランダにいたが、もし優一君が外に出て行ったなら、あそこからその姿が見えたはずだ。それにあの日からずっと駐車場には彼の車が停まったままだった。彼は車で通勤していたはずだよ。おかしいじゃないか」

「それは、夜呑んで帰ることが多いからって彼女は言ってたんでしょ」

「それにしてもおかしいよ。あの夜以来、僕は一度も優一君の姿を見掛けていないんだからね……」

「それで、やりもしないゴルフのビデオを借りるのを口実にして隣を偵察したり、夜中に無言電話をかけたりして」

「優一君が生きているかどうか確かめたかったんだ。彼の勤め先の電話番号までは知らなかったからさ。仕事で帰りが遅いと言われれば、そうなのかなとも思ったが、でも、どうしても釈然としない」

「それで二人を食事に招待することを思いついたのよね」

「最初に言い出したのはあっちの方だった。僕としてはきみが風邪で寝込んでいたし、あの女がなんとなく気味悪くてしかたがなかったので、気が乗らなかったんだが、考えてみれば、優一君が生きているかどうか確かめる良いチャンスだと思ったのさ。今まで、食事に招待して二人でこなかったことなどなかったしね。土曜にすれば、仕事という口実も使えないと思ったし。だが、彼は姿を見せなかった……。僕は確信をもったね。これは妄想ではないと」

「あのいさかいの後、敦子さんがご主人を、といいたいわけね」

「そう考えるしかないじゃないか。あの女の言動は近ごろどこか変だったし、引っ越してきた当初は物静かで感じのいい奥さんだと思っていたんだが。だんだんおかしくなっていったみたいだ。きみは昼間うちにいないから気がつかなかったかもしれないけどさ」

「もし、敦子さんがご主人をどうにかしたなら、その死体をどう始末したのかしら？あんな華奢な力のなさそうな人が……」

「その方法は彼女自身がさっき言ってたじゃないか」

康久の目が薄気味悪そうに、ポリ袋に捨てられたヒレ肉の断片に注がれた。赤い血の染みを滲ませた……。

妻の視線も夫の視線を追った。

「彼女、なんでステーキをこんなに残したんだと思う?」

「ステーキ、嫌いな方じゃなかったわよね。いつだったか、隣に招ばれたときもステーキだったことがあったわよね。敦子さん、あのときは美味しそうにパクパク食べてたわ……」

「そのヒレ肉が何かを思い出させるとしたら、さすがに喉を通らないと思うけどね……」

「じゃ、やっぱり……?」

「あれ以外に方法はないだろう。力のない彼女が男の死体を外に運び出す方法といったら……。幾つかのゴミ袋に分けて何度も運べばいい。そして優一君の車を使ってどこか人目につかないところに捨ててくれれば」

「そうね……」

有紀は眉をひそめて、さっき夫が盗み見た方角をみた。隣の風呂場のある方角を。

「つまり、さっき敦子さんが私たちに話したことは全部……?」

「あれは妄想というより、彼女が自分でしたことだったんだよ……」

二人はぞくっとしたような顔で互いの顔を見合わせた。

「このこと、本当に警察に知らせなくていいの？　もし、あなたの推理が本当だとしたら、大変なことよ」

「僕は厭だね。警察なんか嫌いだ。かかわり合いになりたくないよ。それよりも、隣で殺人があったかもしれない、こんな気味の悪いマンションなんか早く出てしまいたいんだよ」

「それにしても、私にはまだ信じられないわ。隣で殺人があっただなんて。それもあんな平凡で大人しそうな顔をした敦子さんがご主人を殺してバラバラにしただなんて……」


敦子はガラス戸に手をかけた。開ける前になんとなく躊躇するものがあった。が、一気に戸を開けた。

乾いた白いタオル一面にこびりついたドス黒いものを、不思議そうに眺め回した。

何かしら、これ。

厭だわ。まるで……。どうしてここにこんな……。

タイルの白い壁にはちいさな手形がついていた。赤黒い絵の具を掌につけて押しつけたように、クッキリと。手を添えて見ると、彼女の掌にピッタリと合った。

私の手？

そのうち、彼女はめまいと共にすべてを思い出した。

夫が「彼女と暮らす！」と言って、荷物をまとめはじめた後のことを。

箪笥を乱暴に開けて、衣類をスーツケースに詰め込んでいる優一の小太りの後ろ姿に、包丁を握って近付いたことを……。

あのとき夫の下着に降りかかった血は洗濯をしてもなかなか落ちなかったことを。

彼女は思い出した。

忘れていたかったことを何もかも。

そして悲鳴をあげた。何度も何度も。

あの子はだあれ

1

「姉さん」

ドアの向こうに弟の声がした。

ブラウスの袖口ボタンをはずす手を止めて、ボンヤリと庭を眺めていたわたしは、はっと我にかえった。

わたしの部屋の南側の窓から、昔、祖父が植えたという古い棗《なつめ》の木がよく見える。花季である。

小さな淡黄色の花が咲き揃っていた。

「さっきさ、本郷の叔母さんから電話があった」

弟は洗いざらしのブルージーンズの前ポケットに両手をつっこんで、のっそりと入ってくるなり、そう言った。

三十四になるというのに、いつ見ても、ボサボサの頭に学生のような恰好をしている。

「帰ったら、すぐ連絡しろって」

「そう」

「例の件、いつまで返事のばすつもりかって怒ってた」

「まだ迷ってるのよ」

「今度のは和菓子屋の二代目だって？」

　弟は冷かすような目付きをした。

「職人気質の、実直そうな人だって言ってたじゃないか。姉さん、甘いもの好きだろ。菓子屋に嫁にいけば、キンツバでも大福でも死ぬほど食えるぜ」

「十五やそこらの小娘でもあるまいし、そんな理由でおいそれと一生のことが決められますか」

「まさか断るつもりじゃないだろうね」

「そうねえ……」

「叔母さん、キンキン声でわめいてたぜ。先方も乗り気になってるし、少しは自分の歳、考えろって。断る気なら二度と世話は焼かない、これが最後だと思えってさ」

　わたしは溜息をついた。もうすぐ四十だ。たしかにラストチャンスかもしれない。

「ついでに言ってた。敦に嫁が来ないのも、トウのたった小姑がいつまでも頑張ってるせいだって」

「そんなことまで言ったの？」

半信半疑で聞き返すと、弟は、耳の後ろを掻いてごまかした。

「自分のもてないのを人のせいにしないでよ」

「叔母さんが言ったんだよ」

「本当かしら」

「前の奥さんとは死に別れで、子供もないっていうし、店も馴染みの客がついて、けっこう繁盛しているって話じゃないか」

「まあね」

「仕事だって続けていいっていってるんだろ」

「建前はね」

「いったい何が不満なんだ？」

「べつに不満なんてないわ。ただ、なんとなく踏ん切りがつかないだけ」

わたしはそう答えて、さっきまで眺めていた庭の方に視線を移した。

結婚するのが嫌なわけではなかった。たぶん、結婚することで、この家を離れるのが嫌だったのだ。この家に、あの棗の木の見える所にいたかった。わたしにはそうしなければならない理由があった。

あの棗の木の下にはあの子が来る。毎年、六月三日になると、あの子は現れる。わたしはここにいて、それを見続けなければならないのだ。

それがあの子をたった七歳で死なせてしまった、わたしに出来る唯一の罪ほろぼしだったのだから。

2

あの子があの木の下に最初に現れたのは、十七年前の六月三日、あの子の一周忌が行われた日の午後だった。

法会から帰って、着替えをしながら、なにげなく外を見たわたしは、淡い黄色の花をつけはじめた木の下に、痩せた小柄な女の子が佇んでいるのに気が付いた。

少女は六、七歳で、白い長袖のブラウスに赤いスカート。黄色い帽子を被り、背中には重そうな赤いランドセル、雨あがりの道を歩いてきたみたいに、白いズック靴を泥で汚して立っていた。

どこの子だろう。

そう思いかけたわたしは、その子が誰だか分かって、心臓が止まりそうになった。

あの子だった。

見間違えるはずがない。

色の白い、目のぱっちりとした丸い顔。あの子の家の仏壇に飾られていた写真の顔そのままだった。

そんなはずはない。

あの子があそこに立っているはずはない！

背筋に冷たいものを感じながら、わたしは窓ガラスにすがりついた。

「美代子ちゃん」

そう呼びたくても声が出ない。

あの子は俯き加減で佇んでいたが、そのうち、その姿が、水面に映った像のようにかすかにゆらいだかと思うと、ふっと消えた。

わたしは全身に鳥肌をたてて、あの子の消えた棗の木を見詰めていた。

これが最初だった。それからも、毎年のように、わたしはあの子を見た。あの子が現れるのは、きまってあの子の命日で、いつも棗の木の下だった。

あの子は忽然《こつぜん》と現れ、初夏の風に吹き消されるように忽然と消えた。

不思議なことに、現れるたびにあの子は成長していた。黄色い帽子にランドセルは、いつのまにか、胸で紺色のリボンを結んだ中学生のセーラー服に、そして、それはやがて高校の制服に変わった。

丸顔が心持ち面長になり、耳のところで切り揃えたおかっぱが肩まで伸びて、あの子は美しくなっていった。それでも、いつも俯き加減の、淋しそうな顔だった。

こうして二十三の時から、十七年間、わたしはあの子を見続けてきた。うちには、父と母と、六歳下の弟がいたが、誰もあの子を見なかった。あの子を見るのはいつもわたしだけだった。

あれはあの子のゴーストだ。わたしはそう思った。わたしを恨んで出てくるのだ。そうでなければ、あんな淋しそうな顔はしないだろう。

先生、どうしてあたしを救《たす》けてくれなかったの。どうしてあたしを死なせてしまったの。あたし、もっと生きていたかったのに。

棗の木に佇むあの子は、あの淋しそうな顔で、そう訴え続けるのだ……。

3

「まさか――」

ふいに弟が言った。

「あの子のことを気にしてるわけじゃないだろうね」

「え？」

わたしは弟の直感の鋭さに驚いて、振り返った。

「相沢美代子って言ったっけ？」

「………」

すぐに返事ができなかった。

「もう忘れてもいいんじゃないのか。少しは自分の幸せも考えろよ」

「あの子のことは関係ないわ」

「そうかな。そうは思えないけどな。今日だって、学校の帰りにあの子の家に寄ってきたんだろ。線香、あげてきたんだろ。あの子が死んだとき、担任だったからって、そこまですることないんじゃないか。もう十七年もたったんだよ。あの事故は姉さんのせいじゃない」

「いいえ、わたしのせいよ。あのとき、わたしがあんなことをしなければ――」

そうだ。あのとき、わたしがあんなことをしなければ、あの子は死なずに済んだ。たった七歳で命を落とすことはなかったのだ。

あの子は、母校でもある小学校の教師になったわたしの最初の教え子だった。始業式の日、緊張で声を震わせながら、わたしが一番最初に名前を呼んだ子。

相沢美代子。

この名前をわたしは生涯忘れることはないだろう。あの子が死んで、わたしは出席簿を見るのが怖くなった。黒い線で消されたあの子の名前がわたしに訴えかけるのだ。

先生、どうして、あのとき、声をかけたの。どうして、あたしの名前を呼んだの。先生があたしの名前を呼んだから、あたし……。

あの日、十七年前の六月三日。わたしのうかつさがひとりの教え子を死に追いやってしまったのだ。

放課後、学校を出たわたしは家路を急いでいた。途中、両脇に商店の並ぶ、やや広い道路の反対側の歩道を歩いている女の子の姿に目が止まった。

女の子はわたしの数メートル先を独りで歩いていた。あとで聞いた話では、あの子は友達の家から帰る途中だったのだという。

美代子ちゃん？

女の子の洋服の柄と、ちらっと見えた横顔は、わたしが受け持ったクラスの生徒の一人をすぐに思い出させた。名前を呼ぶと、大きな目をくりっとさせて、「はいっ」と元気良く答えるあの子だ。三十人いた生徒たちの、名前と顔をようやく覚えた頃だった。

美代子ちゃんだ。

そう確信したわたしは、後先のことも考えずに、あの子の名前を大声で呼んでいた。

そこは交通量の多い道路だった。わたしはあの子の名前を呼ぶべきではなかった。

年端のいかない子供が、道路の反対側から知り合いに声をかけられたとき、とっさにどういう反応をしめすか、わたしはすぐに思いつくべきだった。

あの子は振り向いた。私の姿を認めると、顔がぱっと輝いた。あの子はわたしが好きだった。

「先生っ」

あの子はそう叫んで、大きく手を振った。

そして――

次の瞬間、あの子の体はもう道路に飛び出していた。弾みのついたゴム毬のようにこちらに駆けてきた。あの子の顔はまっすぐわたしを見ていた。わたしだけを見ていた。凍り付いたわたしが最後に見たのは、信号機の赤ランプに重なる、あの子の花のような笑顔だった。

凄まじいクラクションの音。わたしは一瞬宙を飛んでいた。あのときの感覚は、飛んだとしかいいようがない。足の裏に地面を感じなかった。無我夢中で道路に飛び出していた。あの子の体をつかまえたような感触。そんな感触を指先に残したまま、そのあとに襲いかかってきた激しい衝撃に意識を失った。

目が覚めたとき、わたしは病院にいた。駆け付けた母と弟の青ざめた顔がそこにあった。

ブレーキの間に合わなかった軽トラックに二人とも跳ね飛ばされ、わたしは脳震盪《のうしんとう》と軽い打撲だけで奇跡的に救かったこと。道路にたたきつけられたあの子は、頭を強く打って即死だったことを聞かされた。

わたしはあの子を救えなかった。いや、そうではない。もし、あのとき、不用意に声をかけていなければ、あの子が道路に飛び出すことはなかっただろう。あんな事故に巻き込まれることはなかっただろう。あの子を殺したのはわたしだった。

4

弟がボソリと何か言った。

「なに？」

わたしが問いかえすと、弟は棗の木の方をじっと見ながら、

「木の下に見えるのはゴーストじゃないと思うって言ったんだ」

「わたしの罪悪感が見せる幻だって言いたいんでしょ」

あの木の下に現れる少女のことを弟に話したのは、彼がまだ大学生の頃だった。そのとき、弟は、わたしにしか見えない亡霊のことについて、こんな解釈をした。

『亡霊とは考えられないな。だって、現れるたびに成長してるんだろ。亡霊だったら、死んだときの姿のままじゃないのか。成長する幽霊なんて聞いたことがない』

『それじゃ、あの子は何だっていうの？』

『一言でいってしまえば、姉さんの罪悪感が生み出した幻ってとこかな。あの子の名前

と、うちに棗の木があったってことが、そんな幻を見させるきっかけになったんだと思う』

『どういうこと？』

『歌だよ』

『歌？』

『うちには童謡の古いレコードが一杯あっただろう』

『母さんが好きだったからね』

『小さいとき、よく聴いたよね。いろんな歌があったけど、姉さんが好きだったのは、「あの子はだあれ、だれでしょね……」っていうあの歌だったね』

『うちに棗の木があったせいかしら。あのレコードは好きでよく聴いたわ』

『姉さんの深層心理には、あの歌が深く刻みこまれていたんだと思う。そこへ、生徒の一人が死んだ。その子の名前が偶然にも、「美代子」だった。なんなんなつめの花の下で遊んでいるのは誰だった？　可愛い美代ちゃんだったんだ。しかも、姉さんはその子の死を自分の責任だと思いこんだ。罪の意識と、もしあの子が生きていたらっていう願望が、姉さんの心の深いところでごっちゃになって、あの棗の木の下に、「美代ちゃん」の幻を見るようになったんだ』

『わたしの妄想だというの？』

『そうとしか考えられない』

『それなら、あの子が成長しているのはなぜ？』

『幻が成長しているのは、そうであって欲しいという姉さんの願望の現れに違いない。だから、姉さんの罪の意識が消えたとき、あの子の幻は出なくなるはずだ……』

　しかし、今、弟は考え深げな顔をして、首を横に振った。

「そうじゃないよ」

「あの子はわたしの妄想の産物じゃないっていうの？」

「昔はそう思っていたけど、最近、ふと考えるようになったんだ。あの子は妄想の産物でもゴーストでもない。まぎれもなく実在しているんじゃないかってさ」

「実在している？　生きてるってこと？」

　わたしはびっくりして訊き返した。

「そうだよ。だから成長しているんだ」

「でも、あの子は確かに死んだのよ。十七年前の六月三日に、トラックに跳ね飛ばされて」

「死んだよ。この世界ではね」

「この世界ではって？」

「この世界ではあの子は七つで死んだ。でも、もうひとつの世界では、あの子はまだ生きているのかもしれない。成長し、歳を取り続けているのかもしれない」

「もうひとつの世界って、あの世のこと？」

「いや、あの世というよりも――」

弟は、多元宇宙という言葉を使った。

理科系の大学を出て、一度は大手の企業に勤めたものの、サラリーマンは性に合わないと、入社二年目で勝手に辞表を出してしまった弟は、今では、学生の頃から投稿していたある雑誌のつてで、ＳＦ小説などというものを書いて、生計をたてていた。

「ＳＦではおなじみの言葉だけどね。パラレルワールドともいう。この世以外に、もうひとつ、いや、ひとつどころではない、無数に存在している可能世界のことだよ」

「可能世界？」

「たとえば、考えたことない？　もしあのとき、道路の反対側を歩いていたあの子に声をかけていなかったらって」

「考えない日はなかったわ」

「もしかしたら、あの日、姉さんはあの子に声をかけず、従って、あの事故は起きなかった。あるいは、事故は起きたが、奇跡的に二人とも救かった。そういうことも考えられるんだ。つまり、あの子がまだ無事で生きている世界というのがどこかに実在しているかもしれないんだよ」

「それは小説の中の話でしょう」

「いや、これは単なる絵空事じゃない。この世界とはまったく違う可能性をもった世界が実在するかもしれないってことは、まんざら空想の産物じゃないいんだよ」

　弟はまじめな顔で言った。

「それに、もうひとつの可能性も考えられる。それは、十七年前の六月三日、あの交通事故で死んだのは、相沢美代子という七歳になる小学生ではなくて、その生徒を救けようとした、田所みどりという若い女性教師の方だったという可能性さ」

「わたしの方が死んだ……？」

　はっと胸をつかれる思いがした。そんなことは考えたこともなかった。わたしの方が死んでいたかもしれないなんて。

「そうだよ。あの事故で死んでしまったのは、姉さんの方だったという世界が実在しているかもしれないんだ。事故の状況から見て、充分にありえることだ。あのとき、姉さんが救かったのは、奇跡といってもよかったんだからね。もしかしたら、姉さんが見たあの子というのは、そんな別世界の住人だったんじゃないだろうか。

　そう考えると、あの子が現れるのが、いつもあの子の命日だということの説明もつく」

「どうして？」

「もうひとつの世界に住むあの子は、毎年六月三日になると、うちを訪ねてきて、あの棗の木の下に立っていたんだと思う。つまり、もうひとつの世界の棗の木の下にさ」

「でもなぜ、あの子が？」

「だって、六月三日というのは、向こうの世界では、姉さんの命日にあたるわけだから。姉さんがこちらの世界でそうしてきたように、あの子も毎年、姉さんの霊前に線香をあげに来ていたと考えてもおかしくないだろう。その瞬間だけ、なぜだかは分からないけれど、この重なりあったまま、けっして互いに干渉しあうことのない二つの平行世界が、ほんの一瞬だけ干渉しあうんだよ。あの棗の木が、二つの世界をつなぐ窓の役目を果しているとでもいおうか。その見えない窓を通して、姉さんはもうひとつの世界に住むあの子を垣間見ていたんじゃないだろうか」

「それじゃ、あの子がいつもあんなに淋しそうな顔をしていたのは――」

「姉さんを責めていたんじゃない。きっと、自分を責めていたんだよ。その世界では、生き残ったあの子は、姉さんが今あの子に感じているような罪悪感を感じながら生きているに違いないからね。姉さんがあの子を殺してしまったと思いこんでいるように、あの子の方でも、先生を殺してしまったのは、自分だと思いこんでいるんじゃないだろうか。だって、そうだろう。道路に飛び出したあの子を咄嗟にたすけようとして、姉さんは死んでしまったんだから」

「でもなぜ、わたしにしかあの子が見えないのかしら。それに、なぜいつも棗の木の下なのかしら。わたしがあの子を見るのは」

　弟に訊くというより、独り言のように呟いた。

「現代の最先端の科学をもってしても、宇宙の謎はすべて解き明かされてはいないんだ。同じように、人間の脳とか心、つまり精神世界の領域にもまだ解明されていない未知の部分が沢山ある。もしかしたら、今の科学では踏み込みきれない宇宙と人間の心という、この謎だらけの、未知の領域同士がどこかでつながっているんじゃないだろうか。人間の無意識の中にある、とてつもないパワーのようなものが、何かの拍子に、ある物理現象を引き起こすとも考えられる。

　昔いったように、姉さんは無意識のうちに、子供の頃によく聴いた童謡から、うちの棗の木と、美代子という名前のあの子とを結びつけてしまった。しかも、罪の意識から、あの子が生きていることを強く願った。その無意識のパワーが、本来ならけっして干渉しあうことのない、二つの世界に、ほんのつかの間の風穴を開けてしまったんじゃないだろうか」

　生来の空想好きがこうじて、それが職業にまでなってしまった弟の、たわいもない夢物語だとは思いながら、それでも、わたしは感情を激しく揺すぶられていた。

　あの子が別世界で生きている。たとえ、この世でたった七つで死んでしまっても、もうひとつの世界では生き続けていて、あんなに大きくなっている。

それは雨のあとにかかった虹を見るような、心の晴々とする、美しい幻想だった。

「もし、あの子が生きていたら、今は二十四になっているはずだわ……」

わたしは呟いた。それは、死んだ子の歳を数えるというよりも、遠く離れた所で暮らす教え子のことを思い出すような感じだった。

「だからさ」

弟は夢から覚めたような声で言った。

「いつまでもあの子に負い目を感じて生きる必要はないんだよ。必要がないどころか、それはあの子にとっても良くないことなんだ。だって、姉さんがこちらの世界からあの子の姿を垣間見たように、あの子の方だって、どこからか、姉さんの姿を見ていたかもしれないよ。暗い顔して不幸そうな姿をさ。そんな姉さんの姿は、おそらく、あの子の目には、自分を恨んで出てくるゴーストみたいに見えただろうな」

弟はちゃかすように言った。そのとき、玄関に置いた電話の鳴る音がした。

「きっと叔母さんだ。痺れきらして、自分の方からかけてきたんだ」

弟はそう言って肩をすくめると、部屋のドアを開けた。

「追い出すわけじゃないけどさ、例の話、断らない方がいいと思うよ」

ドアの向こうからそんな声だけが聞こえた。

わたしは、もう一度庭の棗の木を見た。

棗の木はただの棗の木にすぎなかった。

あの子は立ってはいなかった。

たとえ、すぐに消えてしまう虹のような幻想だとしても、ふと信じてみようかという気になった。十七年たった。もう終わりにしてもいい。わたしのためにも、もうひとつの世界に住むというあの子のためにも。

わたしの中で微妙に揺れていた気持ちがようやく固まったような気がした。

「姉さん。叔母さんから」

玄関の方から弟のどなる声がした。

5

その年の秋にわたしは結婚した。

仕事は続けてもいいという条件だったが、嫁ぎ先から今の小学校への通勤は不便になったことと、ずっと店を切り盛りしてきた姑にあたる人が倒れてからは、わたしが店に出なければならなかったことで、教師の方は辞めざるをえなくなった。

それでも、客商売は、やってみると、けっこう性に合っていたらしく、毎日が今までとは違った忙しさと新鮮さで過ぎていった。

夫との相性も良く、子供はできなかったが、夜中などに、夫が工夫した新作を二人で向かいあって試食する静かな時間は、今まで味わったことのないような安らぎに充ちていた。

瞬く間に三年という月日が流れ、その間、一度たりとも、わたしは自分の選択を後悔したことはなかった。

忙しさに取り紛れて、実家に帰ることも稀だったが、久し振りに近くまで来たので、ちょっと顔を出してみようかと思いたったのは、奇しくも、六月三日のことだった。

実家には今は母と弟がいるだけだった。父はわたしが嫁いだ半年後に脳梗塞で亡くなっていた。

懐かしい気持ちで、玄関の戸を開けると、たたきに女ものの草履《ぞうり》が脱いであるのに気が付いた。派手めの柄から見て、母のではなさそうだ。居間の方から、聞き覚えのある金属的な声がした。本郷の叔母が来ているらしい。

「あら、いいところへきた」

まだ初夏だというのに、太り肉《じし》で汗っかきの叔母は、扇子でバタバタと顔を扇ぎながら、わたしを見上げた。

母は出掛けているらしく、テーブルをはさんで、相変わらず学生のような恰好をした弟が渋い表情で煙草をふかしている。

「あんたからも言ってやってちょうだい」

叔母は頭から湯気を出しそうな勢いでいきなり言った。

テーブルには、冷めきった湯飲みの脇に、見合い写真らしきものがポンと放り出されていた。それと、弟の憮然とした顔つきを見れば、聞かなくても察しはつく。

弟は三十七になっていたが、まだ独身だった。

「今度のも気にいらないっていうのよ」

叔母は見合い写真をわたしの方にフンと突き出した。

「どういう料簡なんだろ。そりゃ、歳はちょっといってるし、まあ、その、器量も今いちかもしれないけどさ、気立てはいいのよォ。あんたねえ、顔とか歳とかいうより、気立てだよ、女は。気立てのいいのが長い目でみれば一番なんだから」

「分かってます」

弟はうんざりしたような声で言い返した。

「若い方がいいとか、美人じゃなきゃいやだとか、そういうこと言ってるんじゃないよ」

「じゃ、なんだっていうのさ」

叔母の目が三角になった。

「何が気にいらないっていうのよ」

「気にいらないっていうより、ピンとこないって言うほうが……」

弟は頭を掻きながら蚊の鳴くような声を出した。

「なにを贅沢いってるんだよ。だいたい、ピンとくるとかこないとか、そんな御託並べられる身分ですかっていうのよ。三十七にもなって、まともな職にもつかず、SMとかいうわけのわからないもの書いてる男が」

「SFです」

「そんな男の所へ来てくれる人がいたらね、どんな顔立ちだって有り難いってもんだよ」

叔母が閉じた扇子でピシャリとテーブルをたたいたので、弟は自分がたたかれたようにビクッとした。

「とにかく、これは置いていきますから。会う日取りは追って連絡します。その日はちゃんと体を空けておくように」

言いたいことだけ言うと、叔母は冷めたお茶をガブリと飲んで、「おお、まずい」と言いながら、よっこらしょと立ちあがった。

「まったく、このうちはどうなってるんだろう。上がようやく片付いたと思ったら、今度は下がてこずらせる。姉弟そろって、何様のつもりなんだか」

そんなあてこすりを言いながら、叔母は騒々しく帰って行った。

「なんだよ。誰が世話してくれって頼んだ？　そんなに嫌なら自分の頭の蠅でも追ってろってんだ」

弟は玄関の戸の閉まる音を聞いてから、重しが取れたような顔で毒づいた。

「よさそうな人じゃないの」

わたしは見合い写真を開いて言った。

「悪くはない……」

「なにが不満なの？」

いつか誰かが言ったようなセリフを口にしていた。

「不満というか、さっき言ったように、なんかピンとこないんだよ。この人に限らず」

弟は溜息とともに煙草を揉み消した。

「ときめかないってこと？」

「うーん。そういうことかな」

「見合いでときめくなんてことめったにないわよ」

「そうかな」

「それとも誰かいるの？　他に」

弟は首を横に振った。もともとこういうことには疎い方だった。結婚まで考えている恋人がいるとは思えなかった。

「だったら、こういう形で決めるしかないじゃない。それとも一生独りでいるつもり?」

「そんな気はないけど」

「煮え切らないのねえ。どこかで踏ん切りつけないとだめよ」

「姉さんだって、長い間、煮え切らなかったじゃないか」

「わたしにはそれなりの理由があったもの」

居間からも、例の棗の木が見える。あの子のことを完全に忘れてしまったわけではなかったが、この三年、生活環境がガラリと変わってしまったせいか、忘れがちだったことは確かだった。

こうして、過去を自然に忘れていくのだろう。

「俺にだってそれなりの理由はあるよ」

弟は庭の方に体を向け、膝を抱え込んで、ポツンと言った。

「どんな理由?」

「会うべき人にまだ会ってないって理由」

「会うべき人?」

「ずっと待っていればいつかは会えるのか、それとも、いつまで待っても会えないのか、それは分からないけど、俺はまだその人に会ってない。そんな気がしてしょうがないんだ。会えば一目で分かるはずなんだ。その人だってことが」

「驚いた。あんたがそんなロマンチストだとは今の今まで知らなかった」

「笑うなよ」

弟は情けなさそうな目でわたしを見た。

「自分でも驚いてる。いい歳して、こんな白馬の騎士を待ってる女の子みたいなセンチなこと考えるなんてさ。でも、いつかどこかでその人に会うはずだって、どうしても思ってしまうんだ。この気持ちに踏ん切りがつかない限り、何人紹介されても無駄だと思う」

「待ったあげくに会えなかったら？」

「そのときはしょうがない。そういう一生だったとあきらめるさ」

弟はややさびしげな微笑を片頬に浮かべると、いきなり立ち上がった。

「今いったこと、叔母さんに言うなよ。あの人になんか逆立ちしたって理解できる話じゃないからね。鼻で笑われるのがオチだ」

「分かってる。でも、この写真の人、会うだけでも会ってみたら？　もしかしたら、この人ってことだってあるかもよ」

「それはないよ」

弟はきっぱりと言った。

「だけど、見合いはするよ。しないと、あの叔母さんに殺されそうだ」

そう言って、肩をすくめると、

「ゆっくりしていけるんだろ。もうすぐ、母さんも帰ってくるよ。今、お茶いれるから」

「わたしがやるわよ」

「いいよ。姉さんはもう客なんだから」

意外に厳しいことを言って、弟は冷えた急須と湯飲みを持って出て行った。

わたしは一人になった居間で、大きく伸びをして、くつろいだ気分で庭を眺めた。日差しのあたる畳の上でのびのびと手足を伸ばすのも久し振りだった。

今日は六月三日だ。棗の木の下に、あの子は現れるだろうか。それとも、もう二度と現れないのだろうか。

そんなことをふと考えた。

いつか弟の言ったことを信じたわけではなかったが、もし、あの子が、別世界から、二十七になった姿で現れたとしても、もうそんなに悲しい気持ちにはならないだろうと思った。

それに、あの子はもう現れないような気がしていた。二十七といえば、すでに結婚していてもおかしくない年頃だ。どこか遠くへ嫁げば、もうこの家に線香をあげにくることもないだろう。わたしがあの子のことを少しずつ忘れていくように、あの子もわたしのことを忘れていく。それでいいのだ。いつまでも過去にこだわるよりは、その方がいいのだ。

　そう思いかけたとき、わたしの目は、棗の木の下に忽然と現れたものに引き付けられた。

　まるでわたしの心を読んだように、何もない空間から弾き飛ばされるようにして、それは現れた。

　オレンジ色のゴム毬だった。

　それはころころと転がって、居間に続く縁側の近くまでやってきた。

　わたしは反射的に立ち上がると、縁側まで行って、そのゴム毬を拾いあげた。

　長いこと日向に置かれていたように、毬は暖かかった。

　球面に、黒のマジックインクで、ヒラガナばかりの名前が書かれている。

　たどころみどり。

　心臓がひとつ打った。

　わたしの名前？　偶然の一致だろうか。それとも、昔、わたしが使っていたゴム毬だろうか。しかし、それはまだ新しかった。それに、子供の頃、こんなオレンジ色のゴム毬を持っていたという記憶はまったくなかった。

どういうことだろう？

毬を手にして考え込んでいると、棗の木の下に、今度は子供の姿が現れた。

二つか三つくらいの女の子だった。子供は、何かを探すようにきょろきょろしていた。

この毬を探しているのだ。

わたしはそう直感した。

声をかけようとした瞬間、その子はまともにわたしの方を見た。

そして、ぱっと花が咲いたような笑顔を見せた。

わたしが見えるのだろうか。

あの子は誰？

次の瞬間、花のような笑顔をしたまま、子供の像はゆらりと揺れて、消えた。

ゴム毬だけがわたしの手に残されていた。

あの子は誰だったんだろう。

あの顔は誰かに似ていた。それに、あの子の持ち物らしい、このゴム毬に書かれた名前。

そうだ。

考えられる答えはひとつしかない。

あの子はたぶん弟の子供に違いない。

弟の幼な顔に似ていた。もうひとつの世界で、弟は既に結婚して、子供を儲けていたのだ。そして、向こうの世界では死んだはずのわたしの名前を娘につけたのだろう。

あの子はわたしの姪なのだ。

そう思いあたると、わたしは大声で弟の名を呼んでいた。

「はあい。今、行くよ」

のんびりした声が台所の方から答えた。

弟はたぶん、向こうの世界では、「会うべき人」に会ったのだ。あれで頑固なところがあるから、本当に好きな人でなければ一緒にはならないだろう。

わたしはなんとなくほっとした。

少し遅れてはいるが、そのうち、こちらの世界でも、弟はその女性に出会うに違いない。

どんな女性だろう。わたしの義妹になる人は。美しい人だろうか。優しい人だろうか。

そして、二人は、いずれ、あんな可愛い娘を持つのだ。

そう考えると、わたしの手のなかにある、この別世界からのメッセージを早く弟に見せたかった。

今あなたの子供を見たのよ。

そう言ってやったら、弟はどんな顔をするだろう。

でも――

ひとつひっかかることがあった。

あの子供が笑ったときの顔だ。

あの花が咲いたような笑顔をどこかで見たことがある。

遠い昔、あんな笑顔をどこかで……。

心臓にヒヤリとしたものを感じた。

思い出したのだ。どこであんな顔を見たのか。

わたしの手からポロリと毬が落ちた。

あの子だ。

あれはあの子の笑顔にそっくりだった。

あの日、道路に飛び出したあの子が最後に見せたあの笑顔。

なぜ？

わたしのなかにある確信が生まれた。

そうか。そういうことだったのか。

それは充分ありえることだった。向こうの世界で、わたしの命日には必ずこの家を訪れていたあの子が、いつしか、弟と気持ちを通じ合わせるようになることは。

子供は二つか三つくらいだった。

わたしがこの家を出た頃に、向こうの世界では、あの子が嫁いできたのだろうか。棗の木の下に現れた女の子は、弟とあの子の間に出来た娘だったのだ。生まれた娘にわたしの名前をつけたのは、弟ではなく、あの子だったのかもしれない。これがあの子の、わたしへの贖罪《しょくざい》の仕方だったのだ。

女の子はわたしの方を見て笑ったが、あれはわたしを見たのではない。おそらく、今、わたしが立っているこの場所に、向こうの世界では、弟かあの子、あるいは、二人が肩を並べて立っていたのだろう。それを振り返って笑ったのだ。

弟が漠然と感じている、「会うべき人」とは、あの子のことだったのだ。成長したあの子だった。二人は、わたしの死を媒介にしてしか出会うことができない運命だったのだ。

どんなに待っても、この世界では、弟はあの子に会うことはできない。あの子は弟に会う前に死んでしまったのだから。弟が、たどころみどりと書かれたオレンジ色のゴム毬を手にすることは一生ないのだ。

わたしの手から落ちた毬はころころと転がって、あの棗の木の下まで行くと、そこでふっと消えた。

はじめから存在しなかったもののように。

廊下に足音がした。

何もなくなったわたしの掌には、球形の幻だけが残っていた。

恋人よ

1

その日も蒸し暑かった。

鍵を回して、ドアを開けると、むっとするような熱い空気が顔を撫でる。一日中閉めきられていたワンルームの部屋は蒸風呂みたいになっていた。

高岡善郎は、むくんだ足をひきずって、窓を開けに行くと、そこで、精根尽きたという風にベッドに倒れ込んだ。

明かりもつけず、しばらく死んだように横になっていた。窓を開けても風はそよとも入ってこない。八月も半ば。今夜も熱帯夜になりそうだ。

やっぱり、クーラー、買わなきゃな。

善郎はうんざりしながら思った。

闇のなかで、置き時計の文字盤に塗られた夜光塗料の緑と、留守番電話の押しボタンのランプだけが赤く浮かび上がっている。

時刻は午後十一時三十分。用件が入っていることを示すように、赤いランプは点滅していた。

善郎は腕を伸ばしてボタンを押した。

ピーという音。留守番電話が溜め込んでいた言葉を吐き出しはじめる。

最初のは、何も入っていなかった。ためらった末に何も言わずに切ったのだろう。機械の声が、午後八時十三分と告げた。

ここ二週間くらい、こういう何も言わずに切れてしまう電話が数回入っていた。

二件めは、やや沈黙があったあと、「マキです。またかけます」と、少し怒ったような声が入っていた。午後九時四十七分。

最初のも真紀だったのかもしれないなと善郎は思った。

片瀬真紀とは高一のときから付き合っている。去年、同じ大学を受けたが、仲良く落ちて、真紀は地元の短大に進み、善郎は上京して浪人生活に入った。予備校に近いこのワンルームマンションを借りて、昼は予備校、夜はバイトという生活をはじめた。そして、今年も受験に失敗した。

浪人生活も二年めとなると、勉強よりもバイトの方が忙しくなる。都会の暮らしにも慣れはじめ、田舎では味わえなかった楽しみも知るようになった。帰りはいつも夜の十一時を過ぎている。彼女に電話を入れようと思いながらも、ついつい先のばしになっていた。

三月に受験の結果を知らせて以来、こちらからは全く連絡を取っていない。真紀からは葉書やら手紙やら何通も貰ったが、返事は出さなかった。

三度めのピーという音。また沈黙。今度の沈黙は少し長かった。また真紀かなと思ったとき、掠れた女の声がふいに闇に流れた。

「わたしです。あれから連絡くれないんですね。どうしてですか。本社に戻って仕事が忙しいのは分かります。そう思って、ずっと電話するの我慢してきました。でも、もう半年になるんです。なぜ何も言ってくれないんでしょう。手紙を書いたのに、宛て先不明で戻ってきてしまいました。これはどういうこと？　わたし、今とても大変なことになっているんです。これを聞いたらすぐに連絡ください。連絡先は前の通りです。あのアパートに今も住んでいます。でももうすぐ――」

伝言はそこで切れていた。録音時刻は午後十時三十二分。

わたし？　本社？　なんのことだ。

善郎はくたびれきっていたことも忘れて、がばと跳ね起きた。聞き覚えのない声だった。掠れて暗い声だったが、まだ若い。せいぜい二十代前半といった感じの声だった。でも心あたりはまるでない。

留守番電話の蓋を開けて、録音テープを巻き戻した。もう一度聞いてみる。やはり心あたりがない。

どういうことだろうと考えているうちに、ああそうかと思いあたった。間違い電話だ。この電話には、最初から女性の声で応答する機能がついていたので、面倒臭がりやの善郎はそれをそのまま使っていた。

つまり、電話がかかってきたとき、テープの声は高岡という姓を名乗らない。だから、この女性は、間違ってかけたとは気付かぬままに、伝言を残していったのだろう。伝言から推察すると、女は相手の男（まず男と考えて間違いない）にはじめて電話をかけたようだ。それで、間違いに気が付かなかったのだ。

分かってみれば、なんだということだったが、なんとなく気になった。見知らぬ若い女の切羽詰まったような声が耳に残っている。けっして長くはない伝言のなかに、善郎の好奇心を刺激するようなドラマが秘められていた。どこか、たぶん、地方のどこかだ。そこで起こった、はたから見ればよくある、しかし、当人たちにとっては一生に一度あるかないかの深刻なドラマが。

本社というところを見ると、相手の男は会社員に違いない。きっと、地方の支社か何かに飛ばされていた間に、この電話の主と知り合ったのだろう。すぐに二人は深い仲になる。やがて、男は本社に呼び戻され、女は残る。半年も連絡がないということは、男の方はこの女と縁を切りたがっているのだ。そうとしか思えない。どんなに忙しくても、本当に好きな相手なら連絡をつけるはずだ。自分ならそうする。本当に好きな相手なら。

善郎はちらと真紀のことを思い出しながら、かすかな罪悪感のようなものを感じた。手紙が宛て先不明で戻ってきたということは、もしかしたら、男はでたらめの住所と電話番号を女に教えて行ったのではないだろうか。そのでたらめの電話番号がたまたま善郎の電話番号と同じだったのかもしれない。

そう考えると、この間違い電話の女が気の毒になった。彼女は捨てられたことにまだ気付いていないのだ。半年間もじっと男からの連絡を待ちわびていたのだろう。そして、とうとう痺れを切らして、教えられた電話番号を回した。男がその場しのぎに口にしたのかもしれない、でたらめの番号を——

なんだか他人の秘密を覗いてしまったようなうしろめたさを善郎は感じた。しかし、それは偶然の悪戯というものであって、善郎の与《あずか》り知らぬこと。気にはなったが、冷たいシャワーを浴びてベッドにもぐりこむ頃には、もう忘れかけていた。ただ、眠りに落ちる寸前に、女が言っていた、「大変なこと」って何だろうとちらと思った。

2

三日が過ぎた。

相変わらず暑い日が続いている。帰ると、また留守番電話が点滅していた。真紀かな、と善郎は幾分うんざりしながら思った。結局、彼女には連絡しないままに時が過ぎてしまった。善郎の心のどこかに、電話をしなければと思いながらも、それをうっとうしいと思う気持ちがある。このうっとうしさは、ガールフレンドに対するものというより、彼女を含めた故郷というものに対して抱きはじめた思いかもしれない。

バイトにばかり精を出して、受験勉強の方は全く成果をあげていなかった。実力は現役のときより確実に落ち込んでいる。このままだと、第一志望のランクを大幅に下げない限り、来年も同じ生活が待っているだろう。砂を嚙むような受験勉強。もういやだ。大声でそう叫びたいくらいだ。こんな思いまでして大学へ行く必要があるのか。大学へ行って何を学ぶというのか。疑問に思いはじめていた。かといって、こんな中途半端な浪人生活に見切りをつけて、思い切って社会に飛び出すだけの勇気もない。将来に対する漠然とした不安を抱え込み、それをまぎらわすために転々とバイトを変えて忙しがっている。

真紀が嫌になったのではなかった。この大都会の中で、いつのまにか人生の道しるべを見失い、途方に暮れている自分が嫌になりはじめていたのだ。そんな自分を、知り合いの誰にも見られたくない。

片瀬真紀を含めた故郷を遠ざけたいという気持ちの裏には、こんな自己嫌悪の心理が働いていたのだが、善郎はただ面倒臭いだけだと思いこもうとしていた。

留守番電話の赤いランプは、彼の、そんな乾きはじめている心に警告を発するように点滅していた。

ボタンを押すと、また沈黙があった。沈黙ではない。電話の向こうからハアハアと喘《あえ》ぐような声がかすかに聞こえてくる。

おいおい。

変な電話じゃないだろうな。応対の声が女の声なので、勘違いしたどこかの馬鹿が悪戯電話をかけてきた、最初はそう思って、笑い出しそうになった。

ところが、突然、女の声が流れた。

「お願い。今すぐに来て。わたし、このまま死ぬかもしれません。もうすぐ生まれそうなの。動けないんです。病院にも行けない。お願いだから——」

荒い息遣いを残して伝言は切れた。午後八時二十六分。無機的な声が時刻を告げた。

生まれる?

善郎は茫然として電話機を見詰めていた。

あの女だ。間違い電話の女。またかけてきた。間違った所にかけているということに、まだ気が付いていないのだ。相手の男にかけたと思いこんでいる。

それにしても——

今、たしか生まれるって言った。何が生まれるんだ。

背筋がぞくりとした。

決まってるじゃないか。赤ん坊だ。そうか。女が言っていた「大変なこと」ってそういう意味だったのか。やっと分かった。赤ん坊を生むということなんだ。身重だったのだ。たぶん、相手の男の子供に違いない。あの切羽詰まった声はそういうことだったのだ。追い詰められて電話をかけてきたのだ。

この国のどこか、北か南かも分からない、どこか地方の、おそらくそんな高級ではないアパートの一室で、大きな腹をした若い女が脂汗を流しながらのたうちまわっている。そんなイメージが善郎の脳裏を横切った。

なぜ病院に行かないんだろう？　家族とか知り合いとかいないのだろうか。

善郎はなすすべもなくうろうろと部屋のなかを歩きまわっていたが、そのうち、はっと気付いて立ち止まった。

馬鹿馬鹿しい。なんでおれがやきもきしなくちゃならないんだ。会ったこともない、どこに住んでいるのかも分からない、名前すら知らない女のことを心配したってしようがない。それに、女は野中の一軒家に住んでいるわけじゃない。アパートならば、大家とか他の住人とかいるはずだ。きっと誰かが聞き付けて彼女を病院に連れて行っただろう。彼女はそこで無事に子供を生むかどうにかしているだろう。

そう考えると、急に気が抜けた。時計を見れば既に零時を過ぎていた。もう赤ん坊は生まれているかもしれない。

そうだよ。どちらにせよ、おれには関係のないことだ。どうしてやることもできないんだ。善郎はそう思って、ベッドにもぐりこんだ。それでも、今にも枕元の電話が鳴りそうな気がして、窓の外が白くなるまで寝付かれなかった。

3

翌日。帰ってくると、また留守番電話が赤く点滅していた。善郎は電話のボタンに伸ばしかけた手を宙で止めた。あの女からだったら? 少したためらったあとで、思い切ってボタンを押した。

ピーという音。今度は沈黙はなかった。静かで穏やかな女の声が流れる。こもり歌でも歌うような優しい声だった。

「赤ちゃんは無事に生まれました。ちっちゃな女の子です。あなたにそっくり。わたしが独りで生んだのよ。誰の手も借りず。臍《へそ》の緒も自分で切りました。洋裁用の鋏でね。部屋のなかはひどい有り様だけれど。でも、今はとっても安らかな気持ちです。名前はあなたの名前を一字貰って、ヒロミと付けました。あんまり泣かない子なのでほっとしてます。だって、このアパート、赤ん坊が出来たら出ていくことになってるんですもの。

でも安心。まだ誰にも気付かれていないみたい。大家さんは離れているし、夜はいない人が多いから。でも、そう長くは隠しておけません。わたしもそろそろ店に出なければならないし。どうしたらいいんでしょう。ここの家賃もかなり溜まっています。このままだと、どっちみち追い出されるかもしれません――」

そこで伝言はいったん切れ、女は再びかけ直したらしく、また伝言が入っていた。

「こんな電話かけても無駄なことは分かっています。家にいるはずがないもの。だって、あなたは今ごろ、わたしのもとに向かっているはずですものね。家にいるはずがないもの。でも、ただ待っているだけでは気が狂いそうになるんです。この子を抱いて、こうして電話をかけていると安心できるんです。早く来てくださいね。そうして、この子を抱いてください。あなたにそっくりなこの子を――」

なんてことだ。善郎は思わず唇をかんだ。独りで生んだ？　そんなことできるのだろうか。いったい、この女はどういう生活をしているんだ。店に出ると言ってた。働いているんだ。水商売かもしれない。おそらく、たった独りで、他に頼る相手も相談する相手もいないのだ。ただただ、相手の男を信じて待ち侘《わ》びている。今も、男が自分のもとに駆け付けてくると信じ込んでいる。そんなこと、何千年待ってもありえないのに！

どうしたらいいんだろう。この女の伝言を相手の男に伝えることはできないだろうか。だめだ。それは無理だ。そんなことどうやったらできるんだ。それに、なんでおれがこんなことで頭を悩ませなければならないんだ。関係ない他人のことで。そうさ。おれには関係ない。どこかの女がどこかの男に騙されて赤ん坊を生もうが生むまいが……。

4

留守番電話は次の日も点滅していた。ボタンを押すと、優しすぎる女の声が流れ出す。

ピー。

「どうしてあなたは来てくれないんでしょう。あれからずっと待っているのに。きっと、手の離せないお仕事があるんでしょうね。それなら、電話だけでもしてくれるといいのに。赤ちゃんはようやくおねむになりました。泣かないと思っていたのに、赤ん坊って、やっぱり泣くのね。とても困っています。泣き出すと慌てて手で口を押さえます。それでも声が漏れてしまう。さっき、廊下で人の話し声を聞いてしまいました。野良猫が迷いこんだみたいって言ってるんです。いつまでも野良猫だと思っていてくれるといいんだけれど……」

午後九時十分。

ピー。

「さっき大家さんが来ました。家賃の催促だったんですが、猫でも飼ってるのかって、うさんくさそうな目付きで中をのぞくんです。うまくごまかしたけれど、心配です。赤ちゃんは口にガムテープを貼って、押し入れの中に入れておきましたから、泣き声は聞かれませんでした。でも、大家さんが帰ったあとで、押し入れを開けてみたら、赤ちゃんの様子が変なんです。ぐったりしています。変だわ。ちっとも動かない。どうしちゃったんでしょう」

午後十時四十六分。

善郎はぞっとした。動かないってどういうことだ？　まさか？

体中に鳥肌がたっていた。

5

女からの伝言は次の日も入っていた。闇の中でチカチカと点滅している赤ランプを見ただけで、善郎は心臓を冷たい手でつかまれるような気がした。

ピー。

「(長い沈黙)いつか夜店で買った金魚おぼえてます？　ほら、あなたがあんなにねばって、ようやく一匹だけ掬《すく》いあげた(くすくす笑い)あれね、昨日、死んだのよ。口からあぶくをひとつ出して」

午後八時三十三分。

ピー。

「赤ちゃんはずっとお昼寝をしています。今日は一度も泣かないの。おっぱいものまない。どうしたのかしら」

午後八時三十六分。

ピー。

「赤いべべ着たかわいい金魚おめめが覚めたらごちそうするぞ赤いべべ着たかわいい金魚おめめが覚めたらごちそうするぞ赤いべべ着たかわいい金魚おめめが覚めたらごちそうするぞ赤いべべ着たかわいい金魚おめめが覚めたら――」

お経を読むような沈んだ抑揚のない声が録音の制限時間まで続いていた。それが午後八時五十六分。

もうやめてくれ。善郎は耳をふさぎたくなった。女の声は普通ではなかった。優しすぎる、静かすぎる声に何か危険なものが宿っている。

もう聞きたくない。これを聞かなくちゃならないのは相手の男じゃないか。この女を捨てたどこかの男だ。おれじゃない。

偶然留守番電話に入っていた他人の秘密を垣間見る好奇心など、善郎のなかからすっかり消え失せていた。

もうかかわりたくない。女の声を聞きたくない。なんとかしなければ。外出するとき、留守ボタンを押していくのをやめようか。そうすれば、女は伝言を残せなくなる。見知らぬ女の世界から永久に逃れることができる。いや、待てよ。もっと良い方法がある。女は間違い電話をかけていることに気が付いていないのだ。だから、かけてくるのだ。それなら、気付かせてやればいいんだ。この電話は持主の声で応答できる機能もついている。それを使えばいい。ハッキリ、こちらの姓を名乗ってやれば、間違いに気付くだろう。声を聞けば、相手の男ではないことに気付くだろう。そうすれば、二度とかけてこなくなる。

善郎はそう思いつくと、さっそく、テープに自分の声を吹き込んだ。

「高岡です。ただ今外出しています。お名前とご用件をピーという音のあとに――」

6

四日目も赤ランプは点滅していた。

あの女？

ぎょっとしたが、すぐに思い返した。そんなはずはない。応答テープの声を聞いて、自分のかけ間違いに気付いたはずだ。たぶん、他の人からだろう。たとえば、真紀だ。

真紀からかもしれない。

善郎はそう自分に言い聞かせて、押しボタンを押した。

ピー。

「(つぶやくような声) 変ね。声が違っているわ。女の人の声じゃないわ。タカオカってだあれ。タカオカというのがあなたの本名だったの？ そうね。きっとそうだったのね。だから、手紙を出しても戻ってきてしまったんだわ。あなたはタカオカだったのよ。キムラじゃないんだわ。わたしが勘違いしてたんだわ。分かりました。これからはタカオカさんって呼びます」

午後九時三分。

なんだって。

善郎は耳を疑った。まだ間違い電話だということに気付かないのか。この女、まともじゃない。もしかしたら、最初から少しおかしかったのかもしれない。だって、そうじゃないか。普通の理性を持っていたら、出した手紙が戻ってきた時点で、とっくに相手の男を疑っているはずだ。それなのに、疑おうともしない。それに、アパートの一室で独りで赤ん坊を生むなんて、やはりどう考えてもおかしいじゃないか。もともといかれてたんだ。相手の男が逃げたのも、そのせいだとしたら？

伝言はもう一件入っていた。

「ねえ、タカオカさん。わたし、いいこと考えたの。あなたが来てくれないのも、電話をくれないのも、とても忙しいからだと思うの。そうよねえ。男の人がお仕事を放ってはこれないわよね。でも、本当は自分の子供を抱きたいんだと思うわ。抱きたくて抱きたくてたまらないんだと思うわ。それでね、わたし、考えたのよ。この子をあなたのもとに送ろうかなって。宅配で。だって、そうすれば、あなたはこの子の顔を見れるし、抱くこともできるでしょ。良い考えだと思わない？　だけど、全部はだめよ。わたしだってこの子がかわいくてたまらないんだから。どんな姿になっても手元に置いておきたいんだから。だから、半分だけ送ります」

は、半分だけ送る？

善郎の頭の中は真っ白になった。

半分だけ送るってどういうことだ。それに、「宅配」って、お中元じゃあるまいし、生きた赤ん坊をどうやって——

善郎は思わず口を押さえた。頭にひらめいた恐ろしい想像に、みぞおちのあたりから酸っぱい胃液がこみあげてきた。

まさか。そんな。

そういえば、「赤ん坊がぐったりした」と言っていた。「ずっと昼寝をしていて、今日は泣かない」とも。それに、なぜ、女はいきなり金魚の話なんかしたんだ？　金魚が死んだって。死んだのは本当に金魚なのだろうか？

いや、落ち着け。なにもおまえがうろたえることはない。善郎は部屋の中を歩きまわりながら自分に言い聞かせた。

何を送ってくるにしても、あの女が知っているのはここの電話番号だけだ。住所までは知らないはずだ。もし、いかれてるとしたら、前に手紙を出したというでたらめの住所に送るだろう。ここへ届くはずがない。

ははは。そうだよね。ここに届くはずがない。電話番号から調べでもしない限りは。ははは……。

善郎の顔が笑いながら凍り付いた。

電話番号から住所を調べることはできるんだろうか？

そんな考えが頭をよぎったからだ。

もしできるとしたら？

7

それからというもの、丸一週間、善郎はあれこれ妄想に悩まされて、生きた心地がしなかった。いっそ引っ越そうかと本気で悩んだりもした。しかし、不穏な小包を持った宅配の配達員は訪ねてこなかったし、留守番電話にもあれから何の伝言も入っていなかった。

　その日も、帰ると、留守番電話の赤ランプはついたままになっていた。点滅していない。何の用件も入っていないということだ。あの女も、ようやく、間違いに気付いたか、あきらめたのかもしれない。あるいは、頭のおかしいことが周囲に知れてなんらかの保護を受けたのか。どちらにせよ、もう変な電話に悩まされることはないわけだ。なんとなくほっとして、汗で濡れたシャツを着替えていると、玄関のインターホンが鳴った。

　心臓がドキンと打った。

　思わず時計を見る。午後十一時半になろうとしていた。こんな時間に誰だ。ドアの覗き穴から見ると、眼鏡をかけた若い女の顔があった。見覚えのある顔だった。隣の女だ。時々見掛けたことがある。どこかのOLか何かだ。

　ドアを開けた途端に、心臓が凍り付きそうになった。覗き穴からは見えなかったが、隣の女は手に四角いダンボール箱――ガムテープがべたべたと貼り付けてあって、角が擦り切れている――を持っていた。

「夕方、これが届いたんで預かっておきましたよ」

　青白い顔をした眼鏡の女はぶっきらぼうな口調でそう言うと、小包を差し出した。

「う、うちじゃありませんから」

喉から声をしぼりだすようにして善郎は言うと、慌ててドアを閉めようとした。

「だって、おたく、高岡っていうんでしょ。だったら間違いないわ。高岡様ってちゃんと宛名が書いてあります。なんかゴロゴロしてるけど、メロンか何か入ってるんじゃないの」

隣の女は箱を揺すってみせた。

「メロンならあなたにあげます」

善郎は悲鳴のような声をあげた。

「いらないわよ。はいどうぞ。ちゃんと渡しましたからね」

小刻みに震えている善郎の手にダンボール箱を押し付けると、うさん臭そうな目付きでジロリと見てから、隣の女は帰って行った。

ゴロゴロしている?

善郎はダンボール箱を見詰めた。おそるおそる顔を近付けて臭いをかいでみた。腐臭はない。振ってみると、たしかに、箱の中で、丸いものがゴロゴロ、ゴロゴロと動く無気味な気配があった。

そう、ちょうどメロンくらいの大きさの何か——

ひっと声をあげて、善郎は箱を床に落とした。ぐしゃりというような何かが潰れるような感触。

どうしたらいいんだ。

本当に送ってきやがった。

半分腰が抜けたようになって床に座り込んだ。中を開ける勇気はない。すぐに警察を呼ぼうかと、泳ぐような目付きで電話機を見た。警官に開けて貰えば良い。事情を説明すれば分かってくれる。あの女が最後にかけてきた伝言のテープもあることだし。でも大騒ぎになるだろうな。この中から例のものが出て来たら。そのあとどうなるだろう？むろん、警察に呼ばれて事情聴取ということになる。そのうち、テレビとか週刊誌とかのレポーターが押し寄せてくるかもしれない。マンション中の噂になって、その噂にいつのまにか尾鰭やら背鰭やらがくっついて、箱の中から出てきた赤ん坊の父親は善郎ということになってしまうかもしれない。それが田舎の両親や友人たちにも伝わって——

冗談じゃない！

そんなことになってたまるか。

想像をたくましくして、あとのことを考えると、一一〇番する気持ちが途端に萎えた。

そうだ。捨ててしまおう。中を見ないで捨てちまえ。どうせおれには関係ないんだ。もし、万が一事件になって、あとで警察に調べられたら、知らない女から間違って届いたので、気持ちが悪くなって捨てたといえばいい。中を見なかったので、何が入ってるか知らなかったと言えばいいんだ。そうだ。それがいい。ここから少し行ったところに雑木林がある。あそこに捨ててしまえ。

あの女が赤ん坊を生んだことはまだ誰も知らないかもしれない。女も、赤ん坊のもう半分をいつまでも手元に置いてはおかないだろう。夏場にそんなことできるわけがない。こっそりどこかに始末してしまうはずだ。としたら、このことは誰にも知られないかもしれない。そうだ。それがいい。

ようやく決心がつくと、善郎は立ち上がった。まだ脚ががくがくしている。ダンボール箱を拾いあげると部屋を出た。

犯罪者のようにびくびくしながら、廊下を歩き、エレベーターのボタンを押した。善郎の手の中で、丸いものはゴロゴロと動き回っていた。

そのころ、善郎の部屋の電話が鳴っていた。

二度ほど呼び出し音が鳴ったかと思うと、解除するのを忘れていた留守番機能が作動しはじめた。

「高岡です。ただ今外出しております。お名前とご用件をピーという音のあとにお話しください」

無人の部屋に善郎の声が響いた。

ピー。

「わたしです。といってもまだ名前言ってませんでしたよね。小包の差出人のところに書いておいたけど。あらためて自己紹介させていただきます。わたし、山野令子といいます。片瀬真紀さんと同じ短大に通っています。いわゆる悪友です。今まで変な電話かけてごめんなさい。何度も電話したのに、いつも留守電になっていて、あなたからは何の連絡もないと真紀があんまりしょげていたので、ちょっとこらしめてやろうと思ったんです。クーラー代、節約できたんじゃありません？　でも、少しやりすぎたかなと反省してます。それでお詫びのしるしといってはなんですが、うちのハウスで取れたメロンを送りました。赤ん坊の頭くらいもある甘いメロンです。冷やして食べるとおいしいですよ。これを聞いたらすぐにでも真紀に電話してあげてください。彼女、ずっと待ってるんですから」

時鐘《とけい》館の殺人

プロローグ

電話が鳴った。

鳴り出す前に、チンと息を吸い込むように可憐な音をたてたので、「来るかな」と横目で見ていたら案の定。舌打ちして、ワープロのキーボードから手を離すと、寝そべった。いきなり寝そべったのは、畳に這いつくばって右腕を思い切り伸ばした位置に、ちょうど電話機があるからだ。

季《とき》は二月。窓から見える庭の雪も溶けはじめ、梅の花が咲いている。こたつの上にワープロを置いて、ンニャローとヤケ気味にキーを叩いていたところ。

デビューして三か月。石を投げればミステリー作家にあたるといわれるご時勢です。世に出るのは比較的たやすい。タンポポみたいにボコボコ出る。が、問題はこの後なのだ。デビューがたやすいということは、裏を返せば、競争率がめっぽう高いということで。うかうかしていると、あの窓の外の雪のように、さっさと隅の方にかき寄せられて、いつのまにか消えてなくなる運命になる。疾風《はやて》のように現れて疾風のように去って行く。

こうなっては困る。そのためには一刻も早く二作めを出さなければならないのだが、これが書けない。よくある話。

デビュー作を出してくれた出版社の編集者からは、ことあるごとに「二作めが肝心ですからね。読者がつくも離れるも二作めの出来次第ですからね」と、励ましとも威しともつかぬ事を言われる。こういうオソロシイ励ましをうけて、ホイホイ傑作が書ける新人がいたらお目にかかりたい。天才ですよ。まぎれもなく。

二作めを早く仕上げなければならないのは経済上の大問題でもある。処女作の印税などとっくに使い果たしている。将来の見通しもたたぬうちに専業になってしまったから、二作めの印税が入るまで、正真正銘の無収入なのだ。

笑い出したくなるほど不安定なのだ。

この電話はゼニになる話ではあるまいか。鳴り方がどことなく軽やかなので、そんな気がした。ゼニになれ。念じつつ、寝そべったまま受話器を取った。

「もしもし」

「今邑さんのお宅でしょうか」

見知らぬ男性の声。ペンネームを呼ぶところを見ると出版社関係だ。万歳。ゼニになる話だ。しかし、喜ぶのはまだ早い。単なる電話インタビュウという線もある。

「はい。そうです」

とは思いつつも、自然と声が弾む。ちゃんと起き上がって畳の上に正座した。寝そべったままでは、福の神も逃げる。

「わたくし、キューイーディーの××と申しますが」

キューイーディー？　ああ『ＱＥＤ』か。『ミステリマガジン』や『ＥＱ』と並ぶミステリ専門誌のひとつだ。

「愛読しております」

さっそくゴマをする。と言ってもまんざら嘘でもない。この『ＱＥＤ』という月刊誌は本格色が強いので愛読しているのは事実である。

「それはどうも」

とたんに相手の声が笑いを含んだ打ち解けたものになった。かようにお追従というものは人間関係に欠かせないものである。

「それでは、うちの雑誌に犯人あてパズル小説のコーナーがあることは、ご存じですよね」

「ご存じどころか、応募したことありますよ」

『ＱＥＤ』では、あの昔ながらの「読者に挑戦」コーナーを設けている。既成の推理作家にフーダニット物のパズルを出題させて、犯人を見事あてた読者には賞金が出る。珍しい趣向でもないが、本格志向の強い雑誌らしく、応募要項が徹底している。葉書にチヨコチョコと犯人の名前をあてずっぽうに書いて出したら抽選で当たるなんてヤワではない。ある人物を犯人と推理する根拠を論理的に文章にして八百字以内にまとめなければならない。その代わり、正解者多数の場合は抽選なんていい加減な選び方はしない。編集部が一番まとめ方に過不足ないと判断したものが一篇選ばれて、金五万円也が贈呈されるという仕組みだ。

「それはどうも。では話がしやすい。ぜひ、あのコーナーに出題者として参加して戴きたい」

ウヒョー。やっぱりゼニになる話だ。幸いかな。手元にひとつストックがあった。三百五十枚の長篇だが、ある賞に応募して見事に落選。がっくりしていた矢先に、ヒョンなことからある出版社に拾われて、少し書き直せば本になると糠《ぬか》喜びしたあげくボツになり、出戻って来たばかりの奴。

パズル性の高いものだから、あれがなんとか使えそうだ。三度《みたび》の輿入《こしい》れです。

「やらせて下さい！　ストックがあります」

「そうですか。では、問題篇と解決篇を併せて、四百字詰めで百枚以内ということで」

私の反応を当然というような口ぶりで受け止めて、編集者は事務的な声で言った。

「手元にあるのは三百五十枚なんですが」

「あの、ですね。百枚以内ということで」

編集者はちょっと沈黙してから、冷やかな声で言った。

「二百枚までなら縮められますが」

「百枚以内で」

「百五十枚までならなんとか」

「百枚以内で」

「あれを百枚にまで縮めてしまうと、相当に中身が濃くなりますが」

「中身が濃いのは大いに結構。読者が喜びます」

「でも、濃すぎるのでは？　コーヒーも濃すぎるのは胃癌の元だといいます」

「中身の濃い推理小説を読んでも癌にはなりませんよ」

「でも、過ぎたるは及ばざるが如しと言いますから……」

「とにかく百枚以内でお願いしますよ」

編集者は苛立《いらだ》った声でにべもなく言った。全く妥協の余地のない様子。食い下がるだけ無駄のようだ。原稿のたたき売りもここまでか。下手をすれば、「この話はなかったことに」なんて切られかねない。

「それでは、百枚以内で」

渋々、引き受けた。相手に聞こえないように、こっそり溜息をついた。

「では百枚以内で」と編集者は念を押して、締め切りを言うと電話を切った。

受話器を置くと、取るものも取り敢えず、電卓を取り出した。原稿用紙一枚あたりの稿料を聞くのを忘れたが（一番大事なことを聞き忘れた！）、いくら駆け出しだからといって、一枚千円なんて非人道的な金額じゃあるまい。新人の相場がなんぼのもんかよく分からないが、このへんではなかろうか。と、捕らぬ狸の皮算用をはじめた。尤《もっと》も、わざわざ電卓を使うほどの金額ではないのだが……。

それにしても、出戻りの売れ口が決まったのはいいが、二百五十枚も削らなければならないとは。中身は濃くなっても、作者には酷というもんです。とほほ。

時鐘館の殺人（問題篇）

角なる函《はこ》は樫づくり、焦茶の色の框《わく》はめて、
冷たき壁に封じたる棺のなかに隠れすむ
「時」の老骨、きしきしと、数嚙む音の歯ぎしりや、
これぞ時鐘《とけい》の恐ろしさ

エミイル・ヴェルハアレンの『時鐘』より
(上田敏訳『海潮音』、

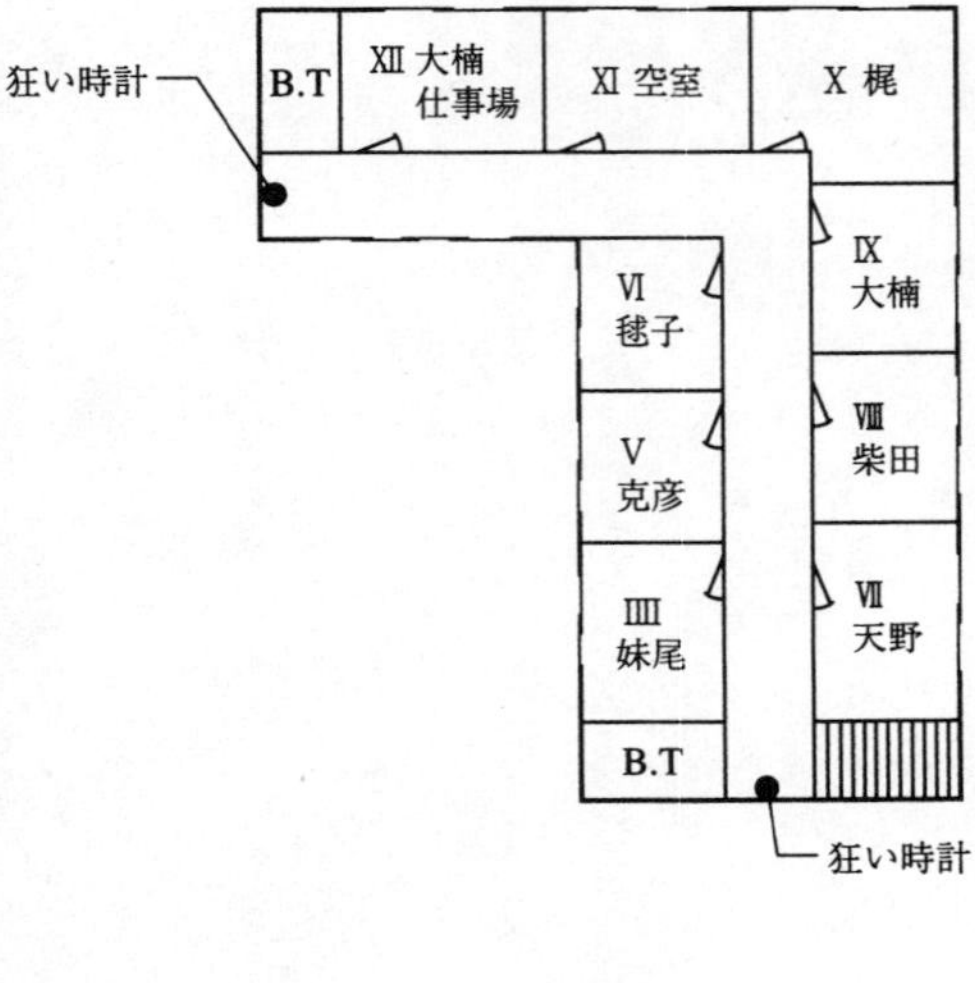

1

時鐘館。

それは東京という名のコンクリートの海に浮かぶ孤島である。

樹木の濃緑の隙間から見える、急勾配の天然スレート葺《ぶき》屋根に色褪せた赤煉瓦《れんが》の西洋館は、そのお伽噺《とぎばなし》めいた佇《たたず》まいで、高層ビルに囲まれて暮らす人々の疲れた目をほんの束の間慰めてくれる。

持主の名は桜井徹男。六十歳。大手の食品会社を定年退職後、妻の敏江と二人暮らし。もとを質せば、桜井家は戦前までは華族と呼ばれたお家柄。今でこそ、財産といったらこの館くらいという落ちぶれようだが、氏の波打つ銀髪に面長な品の良い顔だち、悠揚迫らぬもの腰には貴族の末裔にふさわしいものがある。

桜井氏は熱狂的な時計愛好家で、暇にあかせて収集した古時計が所せましとサロンを彩っている。が、珍品とか高価な舶来物とかいうのは少なくて、昔はどこの家にもあった八角時計のような庶民的なものが多い。珍しいところでは、サロンの片隅にでんと置かれた櫓《やぐら》時計で、大名時計とも呼ばれ、江戸時代の大名たちがドイツの掛時計の構造を真似て、お抱えの時計師に何日もかけて作らせたものとか。あとは香時計。灰の上に香を線上に置いて、火をつけ、燃え具合で時を計ろうという風流なもの。

　そもそも時鐘館という名は、氏が好きな上田敏の訳詩集『海潮音』に収められている、ヴェルハアレンの『時鐘』という詩からとったものだそうだ。

　しかし、なんといっても、時鐘館の時計たちの特徴は、どれもが故意に狂わせてあるという所にある。どれ一つとっても、正確な時刻を示しているものはない。止まったままのも幾つかある。これは生粋のリベラリストである館の主人の趣味なのだ。夥《おびただ》しい数の時計の針が一斉に同じ方向を指し示す光景に、軍隊の行進を見るような生理的嫌悪を感じるのだと言う。桜井氏は左足が不自由で、歩くときは片足を目に見えて引きずる。あの忌ま忌ましい戦争の置土産だそうな。

　私たちには「狂っている」としか見えない古時計も、氏に言わせると、「自分だけの時を生きている」のだそうだ。彼らは、「正しい時刻を知らせる」という味気ない職務から永遠に解き放たれた、愛すべき老骨たちなのだ。子供もなく動物も飼っていない氏にとって、古時計は惜しみなく愛情を注ぎ込める唯一の対象であり、時計のネジを巻き忘れることなど、ペットに餌を与えないことに等しかった。

　時計たちはこの終の棲み家で生物のように息づいていた。いつもどこかで時を打つ音がした。あるものは神経質に、あるものは大らかに、そして、あるものは年老いたものの溜息のような音で。

ところで桜井氏としては定年退職後は愛する狂い時計たちに囲まれて静かな余生を送るつもりだった。ところが、妻の敏江が夫にそんな贅沢は許さなかった。部屋数が十以上もある屋敷をただで遊ばしておくのは勿体《もったい》ない、老後の生活を安定させるためにも、いっそ二階を下宿屋に解放したら、などととんでもないことを思いついたのだ。

桜井氏は猛然と反対したが、結局妻の強弁に押し切られる形で下宿人募集の広告を出す羽目になった。だが、広告を見てさっそく現れた人物に会った途端、コロリと考えが変わってしまった。下宿人を置くことに大いに乗り気になったのである。

その人物というのが、大楠潤也という四十六歳になる推理作家であった。尤も、大楠潤也なんて、知らない人の方が多いかも知れない。広告や雑誌の表紙にデカデカ名前の載るような流行作家でもなければ、ミステリー界の重鎮とか巨匠とかいわれるタイプでもない。しいて言えば重鎮というより、ミステリー界の珍獣とでも言うか。よほど推理小説（というよりも、謎ときやトリックにポイントを置いた探偵小説）の好きなミステリー狂でなければ、知らない名に違いない。だが、知名度こそ低いが、一部のファンにとっては、それこそ新興宗教の教祖様にも等しい存在だった。

てっとり早く言えば、時鐘館の主人はこの作家の数少ないファンの一人であったというわけ。

館の主人とすっかり意気投合した作家は、それまで住んでいたマンションを引き払うとただちに引っ越してきた。主人は大歓迎したが、女主人の方が難色を示した。推理作家などという得体の知れない人物から、はたして月々の家賃を滞りなくせしめることが出来るか危ぶんだためである。が、今度は夫の熱意に押し切られてしまった。

作家は幸い家賃を滞納することもなく、それどころか、誘蛾灯のように、次々と下宿希望者を誘い込んだから、家賃を踏み倒して夜逃げしないようにと警戒の目を光らせていた桜井夫人の態度も次第に(幾分は)軟化した。

ここで、他の下宿人の紹介をする前に、館の中をざっと紹介しておこう。まず御影石作りの階段をあがって玄関に入ると、ホールがある。純洋式だから、靴を履いたままである。一階には、広いサロンに食堂、厨房、部屋は三つ。サロンには、二階にあがるアール・ヌーボー調の階段がゆるやかに伸びている。二階には九部屋と二か所にバス・トイレ。

階段を昇りきった左手の壁と、逆L字形に伸びる廊下の突き当たりの壁には狂い時計が掛けてある。共に三十分ごとに時を知らせるボンボン時計(二六六ページの図参照)。しめて十二の部屋には、時計の文字盤をもじって、ローマ数字でナンバーがつけられている。一階の桜井氏の部屋はⅠ、夫人の部屋がⅡ、Ⅲは私室ではなく、殆どがミステリーで占められた図書室。

さて、ここでやっと下宿人の紹介と行こう。

まず、Ⅻ号室とⅨ号室は例の推理作家氏の部屋。書籍や資料が溜まって一部屋では手狭になったため、二部屋を占領していた。Ⅻ号室の方を主に仕事部屋に使っているらしい。

小柄だが、やや肥満ぎみ。後頭部が相当擦り減っている。本格物は頭を酷使するから、人よりも髪の毛の抜け落ちる度合が激しいのだろうか。結婚歴のない独身だそうで、どことなく呪われた詩人を思わせる偏執的な目をした、見るからに、「変人」タイプ。

Ⅲ号室は装丁家の妹尾隆治。四十三歳。大楠先生の本の装丁を一手に引き受けている関係から、この「高級長屋」のことを知った次第。離婚歴のある独身で、いままでは仕事場に寝泊まりしていたらしい。体格が良くむやみと大声で、一見したところ、デザイナーというよりプロレスラーのようだ。

ちなみに、4というのはローマ数字だとⅣと表すのが普通だが、ここではⅢとなっている。時計の文字盤がそうなっているからだそうだ。桜井氏の話によると、時計の文字盤にⅣが使われてないのは、昔フランスの国王シャルル五世が、塔時計を造らせた時、ⅤからⅠを引くのはけしからんと無茶苦茶なことをほざいて、Ⅲという表記に変えてしまったのだそうな。

Ⅴ号室が笠原克彦。某私立大学文学部の三回生。桜井夫人の甥にあたる。大学ではミステリークラブに所属している。と言うより、この有名なクラブ（作家や評論家を輩出している）に入るために某大学を選んだという、批評眼だけは肥えた厭味《いやみ》ったらしいマニアの一人である。

Ⅵ号室が笠原毬子。同大学文学部の二回生。笠原克彦と同姓だからといって、夫婦（！）ではない。兄妹である。頭の切れるキュートな女の子。趣味は漫画とアニメ。当然、漫研に所属している。ちなみに私のことである。

兄も私も生まれは横浜、生粋の浜っ子だ。ここで、私の正体を明かしたからには、これからは、桜井氏・桜井夫人などという他人行儀な呼び方は止めて、伯父さん伯母さんと素直に呼ぶことにする。

Ⅶ号室が天野昌三。七十歳。元喫茶店経営者。糟糠《そうこう》の妻に先立たれた後、店の経営は息子夫婦に任せてここに移り住んできた。伯父さんに劣らぬ時計好き。喫茶店の名も『ボン』と言って、時計の鳴る音に引っ掛けたものとか。勿論、店内には古時計が沢山飾られているそうだ。

小柄で痩せこけたもの静かな老人。禿隠しに赤い毛糸の洒落た帽子をいつも被っており、パイプを手放したことがない。ここの住人のなかでは、唯一、ミステリーに関心がない人。やたらと殺人の出てくる話は嫌いなのだそうだ。趣味は昔の音楽を聴くこと。

サロンにある蓄音機の前がお気にいりの指定席で、パイプをくゆらせながら、ビクターの犬のように小首をかしげて音楽に聴き入っている様は何時見てもほほえましい。

Ⅷ号室が柴田正幸。三十七歳。ミステリー評論家。この人が引っ越してくる際には、「あのクソッタレが来るならオレは出て行く」と、荷物をまとめかけた推理作家が激怒して、ちょっとした騒動があった。新しい住人の素性を知った推理作家が激怒して、それというのも、評論家が事あるごとに、大楠氏の作風を目の敵にして、「時代遅れ」だの「古色蒼然」だの「カビが生えてコケむして蜘蛛の巣がはっている」などと、クソミソに書評でやっつけるので、作家としては日頃から腹に据えかねていたらしい。

結局、伯父さんが上手くなだめて、血の雨が降ることもなく、犬と猿はそれぞれの檻に納まったが、今尚、険悪な仲であることは変わらない。

Ⅹ号室が梶葉子。入居して三か月足らずという最も新しい住人である。二十九歳。月刊総合誌『黄金時代』の編集者。なかなかの遣り手と評判の女性。『黄金時代』はミステリー専門誌ではないが、無論ミステリーの占める割合は大きい。が、いわゆる本格物は冷遇されてきた。それが、編集方針が変わって、本格物にも力を入れようということになり、白羽の矢が立ったのが大楠潤也氏。担当を命じられた梶嬢はすぐさま行動に移った。作家が住んでいる「高級長屋」に空室があることを知るや否や、風と共に引っ越してきたのである。

細っそりした撫で肩の華奢な身体。どこにそんなパワーが隠されているかと思うような美女である。やや雀斑の浮き出た愛らしいハート形の顔に、活動的であると同時にフェミニンな印象を与えるショートカット。勝ち気そうに輝く大きな目が特徴的。

二十九歳といえば、普通の女性だったら、三十路を目前に、仕事か結婚かと揺れ動くお年頃だそうだが、梶葉子嬢に限っては、揺れ動いている様など気ぶりにも見えない。仕事が面白くて面白くてたまらないという風だ。

微妙な年齢の独身美女が加わったことで、館は花が咲いたように華やかになり、かつ、春めいたそわそわした空気が漂うようになった。

さて、我が時鐘館にはもう一人関係者がいるのだが、物語はこの人物が館を訪れるところからはじまる……。

2

サロンの電話が鳴ったのは、夕食を済ませて少したった頃だった。

外は二月の雪。まだ降り積もっている。

食堂から出て来た時鐘館の住人たちはコの字に並べられたサロンのソファに思い思いにくつろぎ、いつものようにミステリー談議に花を咲かせていた。

私はソファから立ち上がって、電話を取った。

「こちら、時鐘館です」

「毬ちゃん？」

「あら。野間さん」

電話は、ミステリー専門誌『幻想宮』の編集者、野間啓介からだった。『幻想宮』は大楠先生が主に作品を発表している雑誌で、発行部数も少なく、あまり知名度は高くはないが、本格愛好家たちに熱く根強く支持されている。

「これから原稿取りにそっちに寄ろうと思うんだけど」

野間さんは大楠先生の担当で、締め切りが近付くと、ここに泊まって行くこともある。

「笑い声が聞こえるけど、まさかアノ先生もそこで一緒になって笑ってるんじゃないだろうね」

野間さんは不安そうな声で訊いた。編集者の不安をかきたてるように、また、どっと笑い声がおこった。

「いいえ。先生なら、夕食後ただちに二階の仕事場に引き上げました」

「ああ、そう。それならいいんだ。じゃ、七時にはそちらに着くから」

野間さんはとたんに安心したような声で早口に言うと、電話を切った。私は腕時計を見た。サロンにある時計はみんな狂っているので当てにならないのだ。その点、この腕時計は正確この上ない。ジャスト、六時半。

「電話、野間さん？」

葉子さんが顔を振り向けた。悪戯っぽそうな表情が浮かんでいる。

「これから来ますって」

「そう。彼もこんな日に大変ね」

敏腕女流編集者は意味ありげな含み笑いをした。

私はサロンを出ると、台所に行った。伯母さんは流しで額に青筋をたてて鍋の尻を磨いていた。野間さんが来ることを報告すると、タワシをつかんだ手は休めずに「泊まり？」と訊く。「たぶん」と応えると「掃除」。

出すものは舌を出すのも厭だって人だから、余計な言葉は一切言わない。解読すると、野間さんがいつも使うⅪ号室の掃除をしろと言っているのだ。サロンに戻って、戸棚の引き出しからマスターキーを取り出すと、それを持って、二階にあがった。まず、Ⅻ号室のドアをノックする。中からワープロのキーを叩く音がする。

「どうぞ」と、煙草をくわえたまま喋ってるような不明瞭な声。

私はドアを開けて首だけ突っ込むと、「野間さんが見えるそうです」と先生の背中に向かって告げた。大楠先生はワープロの前に座って、振り返りもせず、「あ、そう。来たら知らせて」とだけ言った。頭からモクモクと煙草の煙が立ちのぼっている。はげ山の火事みたいだ。

XII号室のドアを閉めると、二階の物置から掃除機を出してきて、XI号室のドアをマスターキーで開ける。四角い部屋をまるく掃除して、再び外に出る。ドアに鍵をかけ、掃除機を片付けた。しめて十分。

サロンに降りてくると、柴田さんがあくびをしながらソファから立ち上がり、「どれ、地獄の責苦を味わってくるか」と呟きながら、階段を上ってくるところだった。「地獄の責苦」とは、書評用にあちこちの出版社からタダで送られてくる新刊本に目を通すことを言っているのだ。

ややあって、柴田さんが部屋のドアを閉めたようなバタンという音。ミステリー談議のときも、物静かに口をはさまず、穏やかな微笑を口元に湛《たた》えてしきりにパイプを磨いていた天野さんが、半ば独り言のように、「あの人はどうして夜でも黒眼鏡をかけているのでしょうね」と言った。天野さんには伊達めがねというのが理解できないようだ。

「さあ、節穴のような目を隠すためじゃないですか」と、兄。

友人が席を立ったら、すかさず悪口を言うのが、紳士たるもののエチケットなのである。

妹尾さんがテレビをつけた。もうすぐ七時のニュースが始まるからだ。気になるのはニュースではなく、天気予報だろう。この雪はいつになったら止むのだろうか。雪もあまり積もると、ロマンチックを通り越して厄介になる。もう、四センチは積もっただろうか。

私はサロンの窓からカーテンをちょっとめくって外を見た。闇のなかに白い花びらが舞っているようだ。見ている分にはきわめて幻想的……。

ふと、舞い散る雪のヴェール越しに、門の扉を開けてやって来る黒い人影が目に入った。ヒョロリとした長身。野間さんだ。腕時計を見ると、なんと七時ジャスト。カントみたいな人だわ。

さっそくサロンを出て玄関に向かった。何事も迅速にというのが私のモットーなのだ。チャイムの音。間髪を入れず、ドアを開けると、石のポーチのところでレインコートの雪をのんびり払っていた野間さんは吃驚したようにのけぞった。

「ああ、驚いた。自動販売機みたいだ」

「ふふ。いらっしゃい」

野間さんはご当人のようにくたびれかけた薄茶のボストンバッグを提げて、うっそりと、ただでさえ猫背の背を丸めて入ってきた。ボストンを持ってきたところを見ると、泊まりの覚悟をしてきたらしい。日向でまどろんでいるロバみたいな顔も今日は幾分引き締まって見える。原稿を取らなければという使命感ゆえか。野間啓介。三十四歳。独身である。

一緒にサロンに戻ると、野間さんはレインコートを脱いだ。手足が長すぎるせいか、つんつるてんに見える茶の背広に、首っ玉には青いネクタイ。明るい所で見ると、右と左で靴下の色が違う。右は紺で、左は黒だ。ズズと奥に入り、ちょうど柴田さんが座っていたところ、つまり天野さんの隣に腰掛けた。もっと入り口に近い、葉子さんの隣も空いていたのだが、どういうわけかそこは素通りして。

いくら妙齢の美人でも、ライバル編集者の隣には座りたくないものなのかしら。それとも……？

私は戸棚の引き出しからⅪ号室の鍵を取り出して渡した。野間さんは、鍵を受け取ると、無造作に背広のポケットに入れ、右手の人指し指を天井に向けて、ピアノでも弾く手付きをしてみせた。先生は二階で執筆中かというサインだ。頷くと、やれやれというように急にくつろいでソファの背にもたれた。

私は階段を上がった。野間さんの到来を大楠先生にお知らせしなければ。Ⅻ号室の前まで来ると、あれ？　と思った。やけに静かだ。ワープロの音がしない。ドアをノックしてみた。返事がない。もう一度ノック。応答なし。

そっとドアを開けてみると、ワープロの前には誰もいなかった。デスクの灰皿には煙草の吸い殻が今揉み消したばかりという感じで捨てられている。まだ、部屋のなかには煙が充満していた。

トイレかなと思いながら、隣の洗面所を覗いて見たが、いない。XI号室にも居なかった。さっきの部屋に戻ってくると、ワープロのプリンターに白い紙が挟んだままになっているのに気が付いた。何気なく、それを引っこ抜いて目を通した。

それはこんな文面だった。


親愛なる野間君。

原稿は一枚も書けていない。電話であんなことを言った手前合わせる顔がない。勝手ながら「消失」することにする。念のために言っておくが、今この館に居る人のなかで「消失」に手を貸した者はいない。彼らは私の「消失」を知って、おそらくきみ以上に驚くだろう。

また、私は正面玄関から堂々と出ていくつもりだ。落ち着き次第、居所を知らせるからあまり騒ぎたてないように。

午後六時三十五分。


あらまあ。とんでもないことになったわ。

そのとき、廊下の狂い時計が嘲笑うような音でボーン、ボーンと二時を打った。

3

反射的に腕時計を見た。七時十分。どうもあの狂い時計の音を聞くと不安になって正確な時間を確かめたくなるのだ。

えらいこっちゃ。どないしよう。野間さんがこれを見たらパニックですよ。何かの間違いだといいのだが……。

私はその紙切れをエプロンドレスのポケットに畳んで入れると、XII号室を出た。野間さんにこれを見せなければ。これを読んでもどうか正気だけは保っていてくれますように。

ところが、部屋を出たとたん、ボストンを提げた当の編集者が調子っぱずれの口笛を吹きながら廊下をやって来るのに出くわしてしまった。

「あの……」

と言いかけたものの、その平和そうな顔付きを見たら口ごもってしまった。思わず「いひひひひ」と笑ってごまかして通り過ぎようとすると、野間さんはXI号室のドアの前で背広のポケットから鍵を取り出しながら、「なんだよ。薄っ気味の悪い笑い方して」と言った。まあ、この笑いの意味は数秒後には明らかになるでしょう。厭でも。

廊下は静かに歩いて、階段はダダッと駆け降りた。この伝言、野間さんに直接見せるよりも伯父さんに見せた方が気が楽だ。

「伯父さん。大変！　先生の部屋にこんなものが」

妹尾さんたちとニコヤカに談笑していた伯父に紙切れを見せた。伯父は笑いを残した顔で紙を受け取ると、さっと目を通していたが、そのうち笑いが顔から消えた。

「これ、野間さんは？」

と目をあげて訊く。読んだかというのだ。私はとんでもないという風に首を横に振った。伯父は「うーん」と唸った。「なんですか」と兄が身を乗り出して伯父の手元を覗き込み、「え？」と声をあげた。他の人たちも何事かと寄ってきた。「まあ！」と葉子さんは美しい眉をひそめ、天野さんも「おお」と言って口にくわえたパイプを取り落としそうになった。

「でも、そんな馬鹿な。だって、正面玄関から出て行くって、玄関にはこのサロンを通らなければ行けないんだぜ？」と口を尖らす兄。誰に抗議しているのか。

「それより、野間さんがこれを知ったら……」と、葉子さんは同じ稼業のものとして他人事ではないという風に、憂い顔で天井を見上げた。彼女につられたように、みんな一斉に黙って天井を見上げた。無気味なほど静かである。嵐の前の静けさというか……。

やがて、やや足早に階段を降りてくる足音がした。みんな、同時に互いの顔を見合わせた。野間さんだ。さあ来たぞ。

「先生が部屋にいないんですが、どこへ行ったか知りませんか?」

あくまでも一寸外出しているのでは、という口ぶり。

「トイレじゃないの?」と知っていながらとぼける兄。

「いや、Ⅸ号室にもいないんだ」

「へえ。どこへ行ったんでしょうねえ……」兄も人が悪い。

「実はね、こんなものが大楠さんの仕事部屋に置いてあったのを毬ちゃんが見付けてね」

とうとう伯父が言った。例の紙切れを野間さんに渡した。編集者はさっと目を紙片に走らせ、呆然としたように顔をあげると、呟いた。

「嘘だ……」

そりゃ、そう思いたいでしょう。

「玄関から堂々と出て行ったって、ここを通らなければ玄関には行けない。あなたがたは黙って行かせたんですか!」

殺気だった目で兄と同じことを言う。

「いやいや、それが変なんだ。夕食後、大楠さんだけが二階に引き上げてから、我々はずっとここに居たんだが、大楠さんは降りてはこなかった。本当だよ。てっきりまだ二階に居るものだとばかり思っていた」

と伯父が真顔で言った。他の人達も真顔で頷く。

「ここを通らずにどこから出るっていうんですか！」

「だから、消えちゃったんじゃないですか。本当に」と兄。

「馬鹿な！」

野間さんは一笑に付した。人間消失だとか密室だとか、根腐ったようなテーマに飽きもせず挑んでいる本格物の愛好者にしては、「消失」なんて頭から信じていないという口ぶりだった。聞くところによると、UFOの存在を一番信じていないのがSF作家だというから、それと同じことなのかもしれない。

「どうせ、あんたがたがグルになって逃がしたんだろう？」

と、編集者はまるで脱獄犯か何かみたいな言い方をする。

「そんなことありませんよ。だって、この伝言には『この館にいる人のなかで共犯者はいない』というようなことが書いてあるじゃありませんか」

兄が言うと、編集者が鼻先で笑った。

「それじゃなにかい？　あの先生がトリックでも使ったというのかね」

「そうですよ。これは何かトリックがありますよ、きっと」

「馬鹿馬鹿しい。そんな気の利いたトリックがあるなら、さっさと小説に使えばいい。

そうすりゃ、こんな風に逃げ出さなくても済むじゃないか」

「あれ。それもそうですね」

「野間さんも大変ねえ」

　葉子さんが気の毒そうに言った。

「大変ねえなんて呑気なこと言ってていいんですか。おたくだって依頼してたんでしょ。こっちのが一枚も書けてないってことはそちらのはプロットすら立ててないってことなんですよ？」

　野間さんはライバルの方を逆に哀れむように見た。

「あら。うちの方はもう三分の二くらいは進んでますのよ。プロットどころか後は結末を付けるだけ」

　葉子さんがくすくす笑いながら言うと、野間さんは「げっ」とばかりに目を剝《む》いた。

「誰がそんなことを言ったんです⁉」

「誰がって、ご本人に決まってるじゃありませんか」

「あなた、その原稿、もう読んだんですか」

「それはまだよ。結末をつけるまでは読んで貰っては困るとおっしゃるので」

　野間さんは、まだ信じられないという表情でライバル編集者の顔を穴があくほど睨みつけていた。

「それはハッタリですよ。依頼したのはこっちの方が先なんだ。そちらを先にやるわけがない！」

「あなたも甘いのねえ。役所の窓口じゃないのよ。早いもの順なんてスンナリいくものですか。こう言っては失礼ですけど、おたくの雑誌とうちのでは発行部数だって知名度だって格段に違うのよ。勿論、原稿料だって。いくら、依頼を受けたのがそちらの方が先だからって、まともな作家だったら、どちらから先に手をつけるか、考えてみればお分かりでしょ？」

「まともな作家だったらね」

野間さんは、まるであの先生がまともじゃないみたいな言い方をして、どかりとソファに腰をおろした。葉子さんは意気消沈したライバルの顔を余裕の感じられる微笑を浮かべて眺めていた。聞きしにまさる凄腕だ。

「野間さん完全に一本取られたね。この分だと、若き美人編集長の誕生もそう遠くはなさそうだな」

兄貴が言った。満更お世辞でもない口調。

「いやあね。まだ先のことよ」

言われた方も全くお世辞とは受け取っていない。大した自信である。

苦虫を嚙みつぶしたような顔で、野間さんは、「水割り！　ダブルで」と叫んだ。伯父が洋酒棚からスコッチを取り出すと、葉子さんが手慣れた色っぽい手つきで水割りを作った。この人は酒場のマダムになっても成功するに違いない。何をやっても成功する人だ。一方、野間さんときたら……。

階段で足音がした。野間さんがはっとしたような顔で見上げたが、降りて来たのは、ミステリー評論家の柴田さんだった。

「いやはや。あそこまで退屈な小説に仕立てるというのも、ありゃ一つの才能だな。読者を修行僧だとでも思っているのか」

今まで部屋で送られてきた新刊本を読んでいたらしい。猪首を左右にコキコキ鳴らしながら、血の池から這い上がってきた地獄の餓鬼みたいな顔つきでソファにへたりこんだ。つまり心底げっそりしたという顔である。

「ぼくにも一杯ね」と、女流編集者を気安くホステス扱い。

「なんかあったの？　騒いでいたみたいだけど」

呑気な声で訊く。

「大楠先生が『消失』しちゃったんですよ」と兄貴。

「へえ」評論家はさほど驚いた風もなく、渡された水割りを口にした。

「そりゃまたなんで？」

「ほら。これですよ」と、兄はあの伝言を見せた。柴田さんは黒眼鏡越しに紙片を読んでいたが、「ふん」と鼻を鳴らして突っ返してよこした。評論家は『人間消失』だとか『密室』だとか『不可能犯罪』が大嫌いなのだ。これからのミステリーはあんな子供の児戯にも等しいことにいつまでもかかずらっているべきではないというのが彼の持論だった。

「野間さんはぼくたちがグルで先生を逃がしたっていうんですよ」兄は不服そうに言う。

「そりゃないよ」柴田さんは黒のカーディガンをひっかけたワイシャツのポケットからくしゃくしゃになった煙草を取り出すと、指で叩いて一本取り出した。

「おおかた、ここに居る誰かがあのセンセイと共犯でさ、自分の部屋を隠れ家に提供してるんじゃないの。つまるところ、あのセンセイはこの館から一歩も出てはいないのさ。野間さんがあきらめて帰ればバアッと出てくる算段よ」

「それだっておかしいですよ。だって、メッセージには『共犯はいない』とちゃんと書いてあるんですからね。それじゃ、嘘を書いたことになりますよ」と兄。

「だから、嘘を書いたんだろ」

「そんな！　あのトリックの鬼と言われた人がそんな嘘で騙すなんて最低ですよ」

兄は大楠潤也氏の信者なのだ。長年の信仰がぐらつきそうになったのか、うろたえた声を出した。

「とどのつまりは、ヤキがまわったたってことなのヨ」

評論家はいたって冷酷。創作にたずさわらない人間とはかくも冷酷無情なのである。

「それにしても、雑誌に穴があいたらどうなさるおつもり？」

と、葉子さん。いかにも彼女らしい質問だ。

「しかたがないですね。こういう時のために用意しておいた新人のもので埋めるしか」

スコッチを胃薬みたいな顔で嘗めていた野間さんは応えた。

新人？

私はドキリとした。

「あ、あの、もしかしたら、いつか渡したぼくのアレを」

突然兄が顔を赤くして身を乗り出した。

「アレ？」虫の居所のいたって悪い編集者は険悪な声を出す。

「アレですよ。アレ。ぼくが書いた本格物。いつか暇なときに読んで下さいって渡しておいたでしょ。ア、アレ、使えませんかね⁉」

兄は推理作家志望なのだ。思わぬところでチャンス到来、棚からボタモチ。うわずった声を出すのも無理はない。

「ああ、アレか」編集者はやっと思い出したようだ。

「そうです。アレです。アレを代わりに」

「あいにくだが、アレを使ったら事態は最悪になる」

編集者の愛想のない返事に、兄は「ガチョン」と呟いてうなだれた。世の中そんなに甘くはないのよ。マニアはマニアのままで一生他人の作品をけなしていなさい。

兄貴は知らないだろうが、野間さんがピンチヒッターに使おうと考えているのは、私のアレに違いない。実を言うと、私も二百枚くらいの本格物を書いて編集者に渡してあるのだ。本当は漫画家になりたかったのだが、密かにあちこちの賞に応募・落選を繰り返しているうちにトウが立ってしまった。漫画界では十代でデビューするのが当たり前なのである。

で、進路変更をよぎなくされた私は、推理作家になることにした。こっちの方が楽そうだし。編集者は、少なくとも兄のよりはましだと誉めてくれた。較べるレベルがあまりにも低いが、誉められたことに変わりはない。「天才学生作家登場！」なんて、雑誌や新聞にデカデカ載る日も、こりゃ案外近いかも……。出し抜かれた兄貴の奴、悔しがるだろうな。想像しただけで楽しくなる。

それから暫くたって、私はサロンを抜け出し二階にあがった。何か先生の部屋に手掛かりがあるのではないかと思ったのだ。Ⅻ号室に入ると、部屋の中を見て廻った。カーテンをめくって見ると、窓には中からしっかり錠がおりていた。まさか、この窓から逃げたとは思わなかったが。外を見ると、まだ雪が降っていた。既に峠は越えたと天気予報は言っていたから、止むのは時間の問題。明日の日曜日は雪晴れの上天気になるだろう。

窓から離れ、ふとワープロの置いてある机に目を遣って、「おや」と思った。愛用のガスライターが放り出されていたからだ。二本のペンを交差させた絵柄を刻んだ洒落たデザイン。あの先生のヒッチコック好きと煙草好きを知っているファンからプレゼントされたものだそうだ。なかなか気が利いている。今頃、どこに居るのか知らないけれど、ライターを忘れたことに気付いて困っているだろうな。

そんなことを思いながら、何気なくライターを手に取った時だった。背後でギーと音をたててドアが開いたのは。

廊下の狂い時計がボーンと軋むような音色でひとつ鳴った。

4

狂い時計が鳴り終わった。

ドアが開いて、顔を出したのは兄貴だった。

「おどかさないでよ。誰かと思うじゃない」

私はそう言って、持っていたライターを机の上に戻した。

「おまえこそ。こんなとこで何してんだ？」

「別に。兄貴こそ何よ？」

「『消失』トリックの手掛かりがないかと思ってさ」

なんだ。同じ親から生まれただけのことはある。考えることは同じだ。

「野間さんは俺たちがグルだと思ってるらしいけど、そんなことは絶対にないんだぜ。あの先生が二階に引き上げてから、俺はずっとサロンに居たけど、先生は降りてこなかった。絶対、何かトリックがあるんだ」

兄は喋りながら窓に近付くと、カーテンをめくって見た。ちゃんと錠がおりているか、確かめたのだろう。ホント、考えることは誰しもおんなじね。

「おい、今何時だ？」

窓辺から振り返って、兄が訊いた。

「えーと、九時十分になるところ」

「ちぇっ。また狂ってやがら」

兄貴は舌打ちして、腕時計の針を直した。ディズニーの腕時計なんかしてるからよ。

「何時まで降る気かなあ」

外の雪にうんざりしたように言う。

「明日は晴れるってさ」

「晴れたら晴れたで、楽しい雪掻きが待ってらあ」

兄貴の言う通り。あの伯母さんが可愛い甥や姪をただ遊ばせておくわけがない。

「雪だるま、作ろうね」

「おまえ、幾つだ?」

兄貴は哀れむように私の方を見たが、まあ、明日の朝になってみなさい。毛糸の手袋なんかはめていそいそと私を誘いに来るのは兄貴の方なんだから。

二人でサロンに降りて行くと、住人たちは「雪見酒」と洒落込んでいた。ただし、野間さんだけは、ヤケ酒だ。

誰も観ていないテレビがつけっぱなしになっている。チャンネルを変えてみたが、ろくな番組をやってない。こういうときはビデオに限る。私はテレビをビデオに切り替えて、棚のテープ群を物色した。

何を観ようかな。洋画か、それとも……。アニメにすることにした。『バックス・バーニー』にしよう。水曜の六時半から三十分だけやっているヤツをまめに録画しておいたものだ。私のお気に入り。これを観忘れたりすると悔しくて夜眠れないくらいだ。

テレビの前に陣取って、ビデオの操作をしていると、背後で、葉子さんが、

「毬ちゃんも何か飲む?」と訊いた。すっかりホステスさんしてる。

「うん。いつもの」

「ブラディ・マリーね」

名前は凄いが、なんのことはない。トマトジュースにちょっぴりウイスキーをたらしただけ。本当はウオッカを混ぜるらしいのだが、奈良漬けを見ただけで酔っ払える私だから、ウイスキーをひとたらし。

あの悲しくなるほど間抜けなコヨーテが砂煙と共に猛スピードで向こうからやって来たロードランナーの上に大岩を落とそうとして、(毎度のことだが) 自分の頭上に落としている最中だった。葉子さんが、「はい」と言って、ブラディ・マリーの入ったグラスを私に手渡そうとしたのは。

うははははは、とひっくりかえって笑った拍子に、受け取りそこねたグラスの方もひっくりかえしてしまった。「きゃ」と叫んで、葉子さんは飛びのいたが、時すでに遅し。彼女のニットのワンピースはトマトジュースの被害を全面的に受けていた。

飛び上がって謝ったが、情けなさそうな顔でスカートの裾をつまんでいた美人編集者は、「すぐに洗えば大丈夫」と言い残すや否や、脱兎の勢いで階段を駆け昇って行った。

それっきり、なかなか下に降りてこなかった。盛大にやっちゃったからなあ。染みが取れないんじゃないだろうか。どうも気になる。私はビデオを消すと、二階に上がった。

彼女の部屋をノックしたが、返事がない。そっとドアを開けて中に入った。ベッドの上には、紅い襟ぐりの開いたワンピースに、アクセントに首に結ぶ同色の絹のスカーフが放り出されていた。衣装簞笥の扉は半開きになったまま。代わりにこれを着るつもりらしい。手に取ってみると、スカーフからはほのかな香水の香り。彼女がいつもつけている香水。ニナ・リッチだ。

ドアが開いて、葉子さんが入ってきた。洗面所で染み抜きをしていたらしい。染みが完全には抜けなかったらしく、少々険悪な顔をしていたが、私が中にいるのに気付くと、すぐに笑顔を作った。

私は米つきバッタのように頭を下げた。こういうときはひたすら謝るに限る。

「いいのよ。どうせ安物だから」

未来の女性編集長はそう言ってくれたが、そのワンピースが安物だとは誰も思いませんよ。彼女が着替えるそぶりを見せたので、私は部屋を出た。

階段を降りてくると、兄貴が顔を見るなり、「おい、おまえも手伝え」といきなり言う。なんのことかと思ったら、雪が止んだので、さっそく玄関の前の道の雪搔きをすると言うのだ。そのままにしておくと、夜半に凍結する恐れがあるとか。やれやれだ。

伯父さんと兄貴と三人で、玄関から門に続く道と、裏口から裏門に続く道の両方の雪搔きをやる。汗をかきながらサロンに戻って来ると、葉子さんは既にサロンのソファに何事もなかったように座っていた。

紅いワンピースに、イヤリングとペアになったルビーのペンダントが白い頸《くび》を引き立てている。ニナ・リッチの香りがいつもより濃く鋭く、かつ華やかに彼女の身体を包んでいた。

さっきまで、もの静かにパイプをくゆらせていた天野老人の姿が見えない。二階の自室に引き上げたようだ。腕時計を見ると、もう少しで十時になるところ。

私たちがサロンに入ってきたのと擦れ違いに、柴田さんがソファから立ち上がった。だいぶ酔っ払っているらしく、いささか千鳥足で階段を昇って行った。それから、数分後、妹尾さんも部屋に引き取った。

私はオセロを取り出して兄貴とやりはじめた。野間さんは相変わらず不機嫌な顔で飲み続けている。

十時二十分ごろ、伯父さんが左足をひきずりながら部屋に引き取った。伯母さんがサロンにちょっと顔を出して、酒瓶の減り具合を確かめてから出て行った。

サロンでは、時折、とんでもない時刻を知らせる狂い時計の音だけが響き、皆、なんとなく無口だった。兄がふと思い出したように、「それにしても、大楠先生、どこへ行っちゃったのかなあ」と呟いた。

誰も何も応えない。

十一時。負け続けた兄貴は癇癪《かんしゃく》を起こしたように、オセロの駒を盤にジャラジャラと投げ出すと、「もう寝る!」と言って、二階に引き上げていった。続いて、葉子さんも。

彼女がいなくなるとサロンは急に色彩を失ったように寂しくなり、ニナ・リッチの残り香だけが、そこはかとなく漂っていた。

独り残った野間さんにオセロをやらないかと誘ってみたが、かなり酔っているらしい編集者は、面倒臭そうに片手を振っただけだった。

つまらなくなったので、私も二階に引き上げることにした。

部屋に戻って、暫くベッドの中で漫画を読んでいたが、そのうち、前後不覚になった。夢を見た。トマトジュースの海で溺れている夢だった。

かわいそうなブラディ・マリー。

5

翌朝は上天気だった。

起きて窓を開けると、庭に降り積もった一面の雪が光を受けた鏡のように輝いていた。眩《まぶ》しくて目を開けていられない。ポロポロ涙をこぼしていると、ドアにノックの音。誰かと思って出て見ると、兄貴だ。

フード付きの半コートに黒眼鏡。黄色い毛糸の手袋をはめながらつったっていた。

「何よ？　朝っぱらから」

兄は照れ臭そうに、両手で宙に瓢簞《ひょうたん》を作ってみせた。雪だるまを作ろうと言っているのだ。そら、見たことか。良い歳をして幼稚な兄貴だ。あまり気はすすまなかったが、しょうがない。付き合ってやることにした。

大急ぎで洗面と着替えを済ませると、兄と一緒に玄関に出た。扉を開けて、「あれっ」とお互いの顔を見合わせた。

先客がいた。

玄関のポーチから十メートルばかり離れた雪の上に、でかい、ひどく不恰好な雪だるまが既に出来上がっていた。それにしても、変な雪だるまだ。一体誰が作ったのだろう。ここに居る住人で、あんなものを作りそうな人なんていたかしら……。

玄関から雪だるままで続いている足跡は、かなり大きな男物の靴跡のようで、往復したらしい跡がまっさらな雪の上にクッキリと付いていた。

よく見ると行きと帰りでは足跡の深さが違っている。行きの方が深くて、帰りの方が浅い。まるで、重い荷物を運んで戻ってきたとでもいうような……。

「おい、あの雪だるま、どっか変だぜ」

コートのポケットに両手を突っ込み、黒眼鏡ごしにじっと眺めていた兄がボソリと言った。私は雪が眩しくてまともに見ていられなかったのだ。

「なんか、不気味だぜ。あの雪だるま」

「手がついてるね」

兄の言うとおりだ。奇怪な雪だるまだった。目鼻のないノッペラボウで、にょきりと胴体から二本の腕が突き出ているのだ。木切れの手じゃない。なんというか、人間の腕みたいだ……。

「ちょっと、見てくる」

兄はそう言って、ポーチを駆け降りると、歩き始めたペンギンみたいな危なっかしい足取りで雪だるまに近付いていった。そして、しげしげと近くで眺めていたが、「ぎゃっ」とのけぞると、腰でも抜かしたような恰好で血相を変えて戻ってきた。

「あの雪だるま、腕時計してる！」

黒眼鏡を鼻の下までずり落として、兄は喘いだ。

「大楠先生の腕時計だ……」

かくして時鐘館はてんやわんやの大騒ぎになった。雪だるまの中から大楠先生の死体が出てきたからだ。すぐに警察に通報され、物々しい一連隊が雪道を滑ったり転んだりしながら、どっと押しかけてきた。

警察医の所見では、死因は首に残された跡から、紐状のものによる絞殺。後頭部に生前殴られたような傷跡あり。つまり、先生は後頭部を鈍器で殴られ、気絶したところを紐状のもので絞殺されたということになる。死亡推定時刻は昨夜の八時半から十時半の間（この警察医の出した推定時刻は解剖後もほぼ変わらなかった）。

また、玄関と雪だるまの間を一往復したような男の足跡は、伯父さんの長靴によって付けられたものであることが判明した。サイズも靴底の特徴もピッタリ合ったのだ。尤も、犯人の履いた靴が伯父の長靴と一致したからといって、伯父が犯人であると決め付けるのは早計だ。伯父の長靴は昨日から玄関の片隅に出しっぱなしにされていたのだし、館の住人で（無論、野間さんも含めて）あの長靴が履けないほど馬鹿の大足はいない。よって、伯父の長靴は誰にでも利用できたのである。

時鐘館の住人たちは全員サロンに集められ、お定まりの事情聴取を受けた。館の主人である伯父さんが、昨夜の大楠先生の「消失」から事のなりゆきを刑事たちに説明した。

「すると、被害者は昨夜いったん館を出てから舞い戻り、ここで殺されたということになりますかな」

靴磨きのブラシみたいな眉毛をした中年の刑事が言った。

「とは、限りませんね。大楠先生は、ひょっとしたら、昨夜はここから一歩も出なかったのかもしれません。私はそう思いますね。というのは、あの先生が夕食後二階に引き上げてから、私どもはずっとサロンにおりましたが、先生は降りてこなかったからです」

と、伯父。

「つまり、二階の住人の誰かが被害者と共犯で、自分の部屋にかくまっていたと？」

「おそらく」

伯父は沈痛な面持ちで頷いた。

「そして、当然、その人物が故意かあるいは弾みで被害者を殺した、と？」

この質問には伯父は答えなかった。

「で、二階に住んでいるのは？」

刑事はギロリと私たちを睨み渡した。伯父と伯母以外は、皆、怖い教師に睨まれた劣等生のように、渋々と片手を挙げた。刑事は「うむ」と頷いた。

「しかし、犯人はどうして先生の死体を雪だるまの中に隠そうなどと思い付いたのでしょうか」

それまで、黙っていた天野老人が静かな声で誰にともなく訊ねた。

「そうですよ！ 問題はそこですよ。出来の悪い猟奇小説じゃあるまいし、雪だるまの中に死体を隠すなんて馬鹿げてますよ。そんなことして、何のメリットがあるっていうんです？ 部屋に死体を置いておけないのは分かる。でも、なにも、エッチラオッチラ死体をかついで雪だるまにする必要はないでしょう。そのへんにでも転がしておけばいい。雪だるまの中に隠したって、見付かるのは時間の問題なんだから」

と、柴田さん。

「肝心なのは、犯人が死体を雪だるまにした理由ではなく、雪の上に残された足跡に犯人を指し示す手掛かりがあるということではないですか」

地獄の底から聞こえてくるような暗い声でそう口をはさんだのは野間さんだった。『幻想宮』の編集者としてはまさにダブルパンチだ。担当作家に永遠に逃げられてしまったのだから。

「ほう、手掛かりと言いますと？」

刑事が野間さんの方を顎を突き出した横柄な態度で見た。

「まず、足跡は行きの方が深くて、帰りの方が浅い。ということは、犯人は死体をかついで雪の上を歩き、雪だるまにして、戻ってきたことを指し示しています」

「うむ」

「そんなことは分かっておるわ、それがどうした？」とでも言いたげな表情で腕組みするゲジゲジ刑事。

「また犯人は独りです。雪の上に足跡は一組しか付いていませんでしたからね。もし共犯がいるなら、死体を苦労して独りで運ぶはずがない。さらに、犯人は死体を運ぶのにひきずってはいない。これもひきずったような跡が全くついていないことで明らかです。つまり、犯人は独りで先生の死体をかついで十メートル近くも雪の上を歩いたことになります。この事実は、犯人の特徴を雄弁に物語っているではありませんか。大楠先生はそんなに大柄な方ではありませんでしたが、太っており、体重はたぶん七十キロはあったでしょう。女性や老人にあの先生をかついで雪の上を歩けたと思いますか」

ここで、やっと刑事の顔に、「ははーん」という表情が浮かんだ。

「このさい、女性と老人は容疑者からはずしてもいいんじゃないでしょうか」

「うむ」

「毬ちゃん、梶さん、桜井夫人、天野さん。この四人は犯人たりえませんよ。それから、桜井氏も犯人ではありえません。何故なら、氏は左足がご不自由だからです。歩くとき、どうしても左足を引きずってしまいます。長靴は氏のものだったとしても、雪の上の足跡には左足をひきずった跡はありませんでしたからね。ようするに、こう考えてくると、容疑者はかなり絞られてくる。残った三人。つまり、柴田氏、妹尾氏、克彦君。この三人の中に犯人はいる」

野間さんの理路整然とした告発に、三人の容疑者は三者三様の反応を示した。デザイナーはちょっと眉を吊り上げただけ。評論家はすぐさま反論に入ろうと唇を嘗めながら身を乗り出し、兄貴は薄馬鹿のように口をポカンと開けていた。

「馬鹿言っちゃ困る！　だいたい、動機の点から言えば、君が一番怪しいぜ。締め切りに原稿が間に合わなくて、あのセンセイを殺しても飽き足りないくらいに思ってたはずだからな！」

と、憎々しげに柴田さん。

「あいにく、ぼくにはアリバイがある。昨夜の八時半から十時半の間といえば、ぼくはずっとサロンに居たからね。サロンに居た間、独りになったことはないから、充分アリバイが証明されると思うよ」

野間さんは冷静に応え、こう付け加えた。

「アリバイの点から言えば、三人ともなさそうだな」

柴田さんは「ぐっ」と黙った。編集者の言う通りだ。昨夜、柴田さんが二階に引き取ったのが、確か、十時ちょっと前。妹尾さんもそのくらいだ。二人とも犯行が可能だったことになる。

一方、兄貴の方だが、二階に引き上げたのは十一時頃だったが、犯行が不可能だったわけではない。大楠先生の部屋に、「消失トリック」の手掛かりを探しに来たのが、確か九時十分頃。あのときなら、兄貴にも犯行は可能だったことになる。自分の部屋にかくまった先生を殺してからⅫ号室にやって来たかもしれないからだ。

血を分けた兄貴を疑いたくはないが、容疑者の一人であることに間違いはなかった。

「野間さんのおっしゃることも道理だとは思いますが、私には、やはり、犯人が死体を雪だるまにした理由の方が気になってならないのですよ。狂人でもない限り、死体を雪だるまに隠すなんて考えつきませんからね。しかし、ここに狂人はいない。犯人には何かそうせざるを得ない理由があったのではないでしょうか。その理由を探ることが事件解決への重要な一歩だと思えてならないのですが」

控え目な口調でそう言ったのが天野老人だった。

「それと、大楠さんの残したメッセージですがね、私はあの人が子供騙しのような嘘を書いたとはどうしても思えないんですよ。私はここに居る方々と違って、あまりミステリーには関心がなく、あの方の作品も殆ど読んではいないのですが、メッセージに書かれていたことは総てそれなりに真実ではないかという気がしますね」

「そうだよ！　天野さんの言うとおりだ。いくらヤキがまわったからって、腐っても鯛だ。あの大楠潤也ともあろうものが、あんなチャチな嘘で逃げるわけがない。彼は何かトリックを使ったんですよ。彼のことだ。前代未聞の大トリックかもしれない。この事件はそのトリックを解くことから始めなければならない！」

評論家が力説した。今まで大楠作品に否定的だった人とは思えないご発言。昨夜とはうって変わった態度である。評論家の作家に対する評価など、当人のご都合次第でいくらでも変わり得るものらしい。

「しかしね、そんな大トリックがあるんだったら、紙の上で使うんじゃないですかね。ぼくはあの人がそんな凄いトリックを考えついたとは到底思えませんね。昔ならともかく。あの先生にそれだけの力は残っちゃいませんでしたよ。あれは、やっぱり先生の苦し紛れの嘘八百だったと思いますよ」

冷やかな声で言ったのは、意外にも野間さん。大楠潤也に対する評価が、ここに至って、評論家と担当編集者とで逆転してしまったようだ。それとも、死んでしまった作家にヨイショする必要もなくなったので、思わず本音が出てしまったのか。編集者という人種にも、評論家とはまた違った冷酷な一面があるからねえ。

三途の川の渡しあたりで（まだその辺にウロウロしているだろう）当の作家が二人の会話を耳にしたら、喜ぶべきか悲しむべきか大いに戸惑うに違いない。

「真犯人は絶対俺たち以外にいますよ、刑事さん！　だって、ミステリーでは一番確かなアリバイがある人物こそ犯人と相場が決まってるんですからね。それから考えると、この三人のなかに犯人がいるわけがない！」

兄貴が興奮して理不尽なことを喚いた。阿呆なマニア特有の思い込みだ。

兄貴。これは小説じゃないのよ。現実の事件に意外性なんて必要ないんだから……。

時鐘館の殺人（解決篇）

6

「大楠先生を殺した犯人が分かった」と、天野さんが時鐘館の住人たちをサロンに招集したのは、その夜のことだった。

一同が固唾《かたず》を呑んで見守るなか、小柄な天野老人は普段と全く変わらぬ様子でパイプに火をつけると、美味そうに一服してから、こう口火を切った。

「私はまず、大楠さんが残して行ったあのメッセージには嘘は書かれていなかったという前提で推理をはじめました。それというのも、大楠さんの人柄や作風から見て、単純な嘘で逃げる人ではないと判断したからです。もし、何かトリックがあるとしたら、あのメッセージの中にこそあるのではないか。そう考えたわけです」

天野老人はちょっと言葉を切って、口元に微笑を刻んだまま、聴衆を見渡した。パイプ煙草の馥郁《ふくいく》たる香りがあたりに漂う。

「あのメッセージの中で重要なのは、なんといっても、『今この館に居る人のなかで消失に手を貸したものはいない』というくだりでしょう。しかし、共犯の手助けなしに、はたして二階の部屋からサロンを通らずに館を出ることが可能でしょうか。答えはノンです。二階の窓から逃げたと考えても、これでは『玄関から堂々と出る』という宣言と矛盾してしまいます。他に出口はありません。

どう考えても、やはり、大楠さんの消失には共犯者の存在が必要だったのです。共犯者の部屋にいったん身を潜め、皆がサロンに居なくなってから堂々と玄関から出て行く。そんな計画だったのではないでしょうか。しかし、それでは共犯者はいないというメッセージと矛盾してしまう。

だが、ここでよく考えて下さい。大楠さんはメッセージの中で『共犯者はいない』とは言ってはいないのです。一言も。彼が言っているのは、『今この館に居る人の中に共犯者はいない』ということなのです」

「ということは、共犯者は外部に居たということ？」

兄貴が不満そうに口をはさんだ。

「ある意味では。といっても、全くの部外者ではありません。部外者では共犯の役には立ちませんからね。当然、その共犯者は今ここに居る人々の中にいます。つまり、大楠さんがあの書き置きを書いた昨夜の午後六時三十五分には館の中に居なかった人物。その人物こそが消失トリックの共犯者だったという意味です」

「昨日の六時半頃には館の中に居なくて、今はここに居る人といえば……」

兄貴が白目を剝いて天井を睨んだ。

「そんな人物なんていませんよ？　きのうの六時半頃といったら、夕食を済ませて全員サロンにいましたよ。外出した人なんて一人もいない。伯母さんは台所にいたんでしょ？」

兄貴は伯母の方を「ねえ」という風に見たが、編み物をしていた伯母さんは顔もあげなかった。

「何も外出した人物とは言ってませんよ。その反対です」

微笑を絶やさない天野さん。その反対？「外出」の反対といえば……。

「まさか！」兄ははっとしたように大声をあげた。

「そのまさかですよ」

昨夜、六時半以降にこの館に「やって来た」人物――

「野間さんが共犯者だった、と言うんですか⁉」

と、思わず目を見張る克彦君。素直に驚くという美徳を思い出したらしい。

「そう考えれば謎の幾つかは解けますすね。昨夜の消失事件は大楠さんと野間さんの企んだ芝居だったというわけです。大楠さんの残したメッセージは編集者にあてたように見せて、実は我々にあてたものだったのですよ。あのなかで、『彼らは私の消失を知って、おそらくきみ以上に驚くだろう』というくだりは、そう考えれば納得が行きます」

「だけど、どうしてそんなことを⁉」

兄はまだ信じられないという風に、当の編集者の方を見た。編集者は居眠りでもしてるんじゃないのかと疑いたくなるような姿勢で長い腕を組んで座っていた。

「小説のリハーサルではないでしょうか。大楠さんは、昨夜演じてみせた消失トリックを小説に仕立てる前に、編集者に協力して貰って、実際にリハーサルしてみたのではないでしょうかね。あの人ならそのくらいのことはやりかねないと思いますが」

「それでは、先生は野間さんが泊まることになっていたⅪ号室に隠れていたんですか」

私は黙っていられなくなって、つい嘴《くちばし》を突っ込んだ。天野さんは頷いた。

「でも、それはおかしいです。だって、あの部屋に入れたはずがないんですもの。野間さんからの電話を受けて、わたしはあの部屋を掃除しに行ったんです。そのあと、ちゃんとマスターキーを使って部屋に鍵をかけました。だから、野間さんが来る前に先生があの部屋に入れるわけがないわ」

野間さんの到着を知らせにⅫ号室に行った時、あの先生は既に消えていた。洗面所にもⅨ号室の方にも居なかった。もうあのとき、Ⅺ号室に隠れていたのだとしたら、鍵のかかった部屋にどうやって入ったのだろうか。Ⅺ号室の鍵はちゃんとサロンの戸棚の引き出しにあったのを編集者に手渡したのだから、あれを前もって盗み出しておいたわけがない。

どうやら天野老人の推理もここで座礁したようだ。と、思いきや、

「それは簡単なトリックですよ」と天野探偵は動じずに言った。

「ようはローマ数字の特徴を利用した、単なるキーの交換にすぎません。つまり、野間さんの泊まることになっていたⅪ号室のキーと大楠さんの借りているⅨ号室のキーとを昼間のうちに大楠さんが交換しておいたのでしょう。ローマ数字のⅨとⅪとはまぎらわしいですからね、よくよく見ないと違いに気付かないことがあります」

「それじゃあ、わたしが野間さんに手渡したのは、本当はⅨ号室の方の鍵だったたってことですか」

私は唖然として言った。そういえば、引き出しに残っている鍵はⅪ号室しかないという先入観から、番号札などろくに見ないで編集者に渡したっけ。

「野間さんからの電話を受けて、毬子さんが部屋の掃除をする、そういういつもの習慣を利用したのですよ。不可能色を強くするために」

「そ、それじゃ、先生を殺したのは⁉」

柴田さんが掠れた声を出した。

全員が編集者の方を見た。

「ぼくじゃありませんよ。ぼくにはアリバイがある。それをお忘れじゃありませんかね」

眠ってなかった証拠に顔をあげてそう言った編集者の口調は意外に冷静だった。そうだわ。この人が犯人のはずがない。大楠先生が殺された時間帯には、野間さんはずっとサロンでヤケ酒を飲んでいたのだから。

「しかし、消失トリックの共犯者だったということが、とりもなおさず――」

尚もいい募る評論家を天野老人は穏やかにさえぎった。

「無論、犯人は野間さんじゃありませんよ」

7

「ここで一つ見落としてはならないのは、大楠さんを部屋にかくまっていた人物が必ずしも大楠さんを殺した犯人であるとは限らないということです。ただ、その前に、今までの私の推理がはたして的を射ていたか、野間さんに是非うかがいたいものですね。そうしなければ、次の段階に進むことができませんから」

天野さんはそう言って、実の伜《せがれ》でも見るような慈愛に充ちた目で編集者を見詰めた。

「すべて、あなたのおっしゃる通りです」

野間啓介はアッサリと認めた。

「宜しい。これで、私の推理の足場はしっかり組まれたことになります。大楠さんを部屋にかくまっていたのは野間さんだった。が、野間さんには確固たるアリバイがある。大楠さんが殺された時間帯にはサロンにずっと居たというアリバイです。これは私を含めてここに居る何人かの人たちが証人になりえます。

つまり、野間さんがサロンに居る間に、何者かが、大楠さんを殺害したということです。ここで、野間さんにもう一つ伺いたい。先生の死体をかついで運び出し、雪だるまにしたのはあなたですか」

編集者はしかし、この質問には答えなかった。

「黙秘ですか。まあ、いいでしょう。沈黙が既に答えになっていますからね。あなたは昨夜遅くⅪ号室に戻って、そこで大楠先生の死体を発見したのですね。頭を殴られ、首を絞められた死体をです。さぞ、驚いたことでしょう。何故そこで騒ぎ立てなかったのか。理由は幾つか考えられますが、一つはあの状況ではあなたが犯人と思われてしまうかもしれないと恐れたためではないでしょうか。幸い、警察医の所見から、あなたにはアリバイがあったことが分かりましたが、昨夜の段階でそんな僥倖《ぎょうこう》は期待できなかったでしょうからね。そこで、あなたはまず死体を部屋から運び出すことを考えた。当然です。ただ、ここで非常に不可解なのは、あなたが死体を外に運び出すだけでは飽き足らずに、大変な苦労をしてまで雪だるまに仕立てたということです」

天野探偵は誰にともなく微笑した。

「部屋に死体を置いておけないという理由だけなら、部屋の外に出すだけでいいはずです。二階の廊下に転がしておいてもいいし、サロンのソファに寝かせておいてもいい。しかし、雪の上をわざわざ死体をかついで歩き、雪だるまを作る必要はどこにもない。狂人でもない、それどころか頭脳明晰なはずのあなたが何故こんな馬鹿げた真似をしたのか、その理由にこそ、大楠さんを殺した真犯人を指し示す重要な手掛かりがあるのです」

話が佳境に入ったことを察して、一同の間に奇妙な緊張が漂いはじめた。

「野間さんが何故死体を雪だるまにしなければならなかったのか。その理由は実は既に彼自身の口から我々の前に披露されていたのです。彼は今朝こう言いました。『肝心なのは、犯人が死体を雪だるまにした理由ではなく、雪の上に残された足跡に犯人を指し示す手掛かりがあるということだ』と。この言葉の中にこそ、彼が苦労して死体を雪だるまにした理由があったのです。つまり彼は死体を雪だるまにするのが目的だったのではなく、犯人が死体をかついで十メートルも雪の上を歩いたという偽の手掛かりを作ることが目的だったのです。なにも、雪だるまにしなくても、雪の上に死体を放り出してくるだけで用は足りると思うのですが、まあ、雪だるまの方に人々の関心を向けたかったのでしょう。肝心なのは、雪の上に足跡を付けることだったのですがね」

「ということは、野間さんは犯人を――？」

と、兄貴。

「かばおうとしたのです。偽の手掛かりを残すことで。ですから、真犯人は彼が除外したがった、五人の中にいるということになります。それは、桜井氏、桜井夫人、毬子さん、梶葉子さん。そして、かくいう私の五人のなかに」

朝は容疑者扱いされていた評論家とデザイナーがかすかに安堵したような表情を見せた。

「では、この五人の中で野間さんがかばおうとしたのは一体誰なのか。野間さんの行為は、まあここだけの話ですが、英雄的と言っても宜しい。道義的には異論もありましょうが。少なくとも、死体遺棄の罪を犯したわけですからね。しかし、下手をすれば、自分の首を絞めかねないことです。いくら深夜とはいえ、死体を運んでいるところを誰かに見られないという保証はどこにもないのです。おまけに雪の上を死体をかついで歩き、何時間もかけて独りで雪だるまを作る。想像を絶するほど、滑稽で孤独な作業です。彼は一体こんな作業を誰のためにしてのけたのか。その人物に対して彼が抱いている感情は並大抵のものではありますまい」

私は思わず野間さんの方を見てしまったが、ご当人はまるで他人の話でも聴くような顔でソファに寄り掛かっていた。

「ただ、ここで、真犯人の名を挙げる前に、野間さんがどうやって真犯人を知ることができたのかという問題を解決しておきましょう。単純に考えて、真犯人が野間さんにすべてを打ち明けて協力を要請したという線があります。が、これは考えにくい。犯人の側から見れば、非常に危険の多いやり方です。野間さんが事後共犯になるのを承知するとは限りませんからね。やはり、犯人としては殺害後何食わぬ顔をして死体をあの部屋に転がしておいたのだと思いますよ。部屋に戻った野間さんがなんらかの手掛かりを得て、真犯人をつきとめたのです。が、彼はその犯人を告発するどころか、庇うことを思いついた。一体、野間さんはどうやって犯人を知ったのでしょうか。犯人だって馬鹿じゃない。目に見える手掛かりを残していくはずがない。しかし、しかしです。もし、その手掛かりが目には見えないものだとしたら？　犯人もまさかそんな手掛かりを犯行現場に残してきたとは夢にも思わなかったもの。たとえば、目には見えないが嗅ぐことはい、い、い、出来るもの……」

　誰かが私の傍らで鋭く息を吸い込んだ。その人の身体からは、今もかぐわしい香りがほのかに漂っていた……。

「香水ですよ。部屋に残っていたのは。野間さんはそれに気が付いて殺人者の正体を知ったのです」

　天野さんは厳しい目で或る人を見詰めた。普段は小柄でさえない老人がやけに大きな人に見えた。

「あなたが大楠さんを殺害したのは、毬子さんにトマトジュースをかけられて、着替えをするために二階に行ったときだったのですね？」

彼女は微かに雀斑の浮き出た青ざめた顔に、燃えるような目をして老人を睨み返していた。

「おそらく、計画的な犯行ではなかったのでしょう。あなたは偶然、消失したはずの大楠さんと顔を合わせてしまったのではありませんか。大楠さんがトイレにでも行こうとしてⅪ号室を出た時か。そして、明敏なあなたのことだ。すぐさま、すべてが飲み込めたのでしょう。大楠さんと野間さんがグルだったこと。ということは、つまり、大楠さんが先に仕上げようとしていたのは、あなたの方の原稿ではなく、『幻想宮』の方だったこと。一枚も出来ていないのは、本当はあなたが依頼した原稿の方だったことを。あなたはそれを知ってしまった。あるいは大楠さんが話したのかもしれない。作家に一杯食わされていたことを知ったあなたは、思わずかっとなって手近の鈍器をつかんだ……。これは推理というより、空想にすぎませんがね」

「あのスカーフ……」私は呟いた。

「あの紅いスカーフで先生の首を絞めたのね。だから、下に降りてきたとき、スカーフの代わりにペンダントをしていたのだわ」

葉子さんは瀕死の女王のようにソファにぐったりともたれていた。

狂った時計が美人編集者の狂った人生を弔うように、重々しくひとつ打った。

幕間

「ちょっと困ったことが起きまして」と『ＱＥＤ』の編集者から電話がかかってきたのは、例の犯人当てパズルの解決篇が雑誌に掲載された数日後のことであった。

「困ったことって何ですか」

こうして電話してきたからには私に関係のあることに違いない。厭な予感がする。

「電話で話すよりも、直接お目にかかって、見せたいものがある」と編集者は思わせぶりな返事をした。嗚咽《おえつ》を堪えているような声である。大の男が泣き出したくなる程の非常事態とは何事か、とぎょっとしたが、耳をすましてよく聴いてみると、どうやら編集者が堪えているのは笑い声のような気もする。が、あまりの非常事態に気が動転して笑い出したいような気分に陥っているのかもしれない、と思い直して気もそぞろになった。

あちらの指定する喫茶店でさっそく会うことにした。私は外見に似合わぬ神経質な性格だから、こんな不安を明日まで持ち越すなんて拷問もいいとこだからだ。

指定の喫茶店に、十分ほど遅れてやって来た編集者は席に座るや否や、くたびれかけた背広の懐から白い封書のようなものを取り出した。

「実は、昨日、編集部に読者からこんな投書が来ましてね」

編集者は懐から出した封書を私の鼻先でヒラヒラさせて見せた。投書？　ファンレターの聞き違いならいいのだが。

「それが何か……？」

私は不安を覚えながら訊いた。

「百聞は一見にしかず、まあ、お読み下さい」

そう言って、薄笑いを浮かべながら、封書を差し出した。ご丁寧に速達だ。震えそうになる手で受け取ると、中身を取り出す。ただの便箋である。便箋の内容に目を通して

――


「なんですか。これは⁉」

「ですから、文字通りの挑戦状でしょう。読者から作者への」

編集者はそう応えて、くっくと笑った。

「ただの悪戯でしょう。無視したらいかがですか。問題篇に重大なミスがあると書いてありますが、そんなミスなんてあったでしょうか」

「ぼくは気が付きませんでしたけどね」

「でしょう？　ミスなんかなかったはずですよ。それに、この差出人ですが」

と、私は封書の裏を見た。

「『K市』とあるだけで、ちゃんと住所が書いてない。名前も、『山浦亜巳』なんて男だか女だか分からない。変名臭いじゃありませんか。匿名の投書なんてあてになりませんよ。ポッと出の新人をからかってやろうという悪戯じゃやないですか」

「その線も大いに考えられるのですが、ひょっとすると、その山浦氏が言うように、あの問題篇にはミスがあったのかもしれません。それより、困ったことに、（そう言って編集者はまたくっくと笑った。微塵も困っているようには見えない）その挑戦状、うちの編集長にウケてしまいましてね、面白いから今月号の『読者のページ』に掲載すると言うんですよ」

『読者のページ』というのは、たいていの雑誌にあるような、アレである。「貴誌に出会ってはじめて推理小説の面白さを知りました」だとか、「○○先生の最近のご活躍には目を見張るものがあります」だとか、編集部で捏造《ねつぞう》しているとしか思えないような「お便り」が載るコーナーである。

「えっ。それじゃ受けて立つということじゃないですか」

「そのようで」

「誰が受けて立つんですか」

「それは当然作者ということで」

「作者って私ですか」

「他にどなたかいるんですか」

「いませんよ」

「ぼくも編集者として責任がありますから、力の及ぶ限りお手伝いしますよ」

当たり前だ。

「来月号に掲載というのは無理にしても、さ来月号くらいまでになんとかなりませんか？」

「さあ。それは……」

「では、とりあえず、さ来月号に間に合うようにということで」

急に耳が不自由になったらしい。こちらの返事を無視してさっさと決めてしまった。

「原稿料は戴けるんでしょうね？」

「無論です」

「もし、ただの悪戯だったらどうするんです？」

「それならそれで良いじゃないですか」

「よかないです。私はまだ暇すぎる身ですが、無駄なことに労力は費やしたくありませんから」

「ま、そうおっしゃらず」

編集者は笑ってごまかした。

「もし、締め切りまでにこの挑戦状に応えられず、原稿が書けなかったらどうなるんです？」

「どうもなりませんよ。原稿の代わりに恥をかくだけで。ははははは」

もしなれるものなら、注文が殺到するという流行作家とやらになりたいとこの時ばかりはつくづく思った。気にいらない編集者の顔に飲みかけのコーヒーをぶっかけても、

「別口があるさ」とうそぶけるからである。

「では、そういうことで。宜しくお願いしますよ」

相手は腕時計を見ながらそそくさと立ち上がった。

「ぼくも帰ったら、もう一度読み返してみますよ。もし、ミスが見付かったらすぐにご連絡します」

断言してもいいが、この編集者は社に戻っても、絶対に問題篇の載った号を読み返しはしない。そんな暇があったら、カラオケ屋にでもくりだすに決まってる。

「そんなミスがあるなら、掲載する前に指摘して欲しかったですね」

聞こえるようにぼやいたつもりだったが、あいにく相手の耳には届かなかったようだ。都合の悪いことは何も聞こえない不思議な耳をした人らしい。

「あ、これ、お忘れですよ」

例の「山浦氏」からの有り難い封書がまだ私の手元にあった。慌てて立ち上がり、渡そうとしたが、編集者は手を振って、

「コピーをとりましたから、記念にどうぞ」

と言って、さっさとレジに急いだ。

私はその「記念」をもう一度読み返した。

こうである。

読者からの挑戦状

今邑氏の「時鐘館の殺人」の問題篇には重大なミスがあります。つい見逃してしまうようなささやかなミスですが、面白いことに、そのミスのために小説の内容そのものがガラリと変わってしまうのです。大楠潤也を殺したのは梶葉子ではありません。真犯人は別にいるのです。

そのミスとは何か。また、そのミスを看破することによって浮かび上がってくる真犯人とは誰か。作者に推理して戴きたい。しかも、その推理を小説の形にして、○月号、ないしは△月号に是非掲載していただきたい。

さらに、この挑戦状を握り潰さない証拠に今月号の『読者のページ』に掲載して下さるよう、切に希望します。

K市　山浦亜巳

時鐘館の殺人（もう一つの解決篇）

サロンの狂った時計が重々しくひとつ打った。

8

それまで黙って聴いていた女流編集者は、大儀そうにソファから身を起こした。テーブルの上の銀のシガレット・ケースを開けて、スリムな煙草を一本抜き出すと、紅い口にくわえた。

ミステリー評論家が、すかさず、百円ライターの火を差し出す。彼女は少し身をかがめて火を受け、綺麗な脚を組んでソファの背にもたれると、ニコチンを吸い込み、ゆっくりと煙を吐き出した。

なかなか優雅なパントマイムである。

誰もがスクリーンの女優の仕草を観るみたいに、うっとりと彼女を見詰めていた。

「天野さんのメイ推理はそれでおしまいかしら?」

白い指にはさまれた細巻きの煙草の先から薄青い煙が立ち昇る。その青いヴェールの向こうから、宝石のような双の目が老人をひたと見返していた。

「一応は」

元喫茶店主は女主人の前に出た執事の表情をした。

「おおむね見事でしたけれど、ひとつ、詰めの甘い所がありますわね」

葉子さんは片手でシガレット・ケースを弄《もてあそ》びながら、微笑した。

「ほう。どこが？」天野さんは微笑を返した。

「野間さんが部屋に戻って先生の死体を発見し、犯人を庇うために死体をせっせと雪だるまにした。ここまでは問題ないと思うわ。ご当人も認めていることですし。でも、問題はそのあとの推理です。犯行現場に残っていた香水の香りから犯人は私だと決め付けるのは早すぎるんじゃありません？　香りに私の名前でも書いてあったのかしら」

「ごもっとものご指摘ですが、香水を使用しているのはあなたしかいませんからね。香りに名前が書いてあったようなものでしょう」

天野さんはたじろがずに言った。

「でも、先生を殺した犯人が私に罪を着せるために、わざと香水の匂いを犯行現場に残して行ったという可能性は考えられませんの？」

「その可能性について答える前に、ひとつ伺いたいのですが、あなたはサロンに居る間、部屋に鍵をかけておきましたか」

葉子さんはちょっと虚を衝かれたような顔をしたが、すぐに、「ええ」と短く応えた。

「さらにもうひとつ。二階で着替えを済ませた後も部屋に鍵をかけてサロンに降りてきましたか」

美人編集者は青い煙の向こうで頷いた。

「念のために伺いますが、毬子さん、あなたは香水を持っていますか」

いきなり、天野さんが私の方を向いてそう訊いたので吃驚してしまった。

「持ってません。コロンなら持ってるけど」

「桜井夫人はいかがですか」

今度は伯母さんに訊いた。伯母は肩を竦めて見せただけだった。

「宜しい。ということは、やはり、現場に残されていた香水は梶さんのものであり、また、その香りが他の人物が梶さんに濡衣を着せるために残していったのではないことが証明されましたね。梶さんは部屋に鍵をしっかりかけていったそうですから、誰かが彼女の部屋から香水を盗み出すのは不可能だったようですし、他の女性たちは香水を持っていないそうですから、こちらを代用した線もありませんしね。また、今回の殺人が計画的でないことも考え併せて——」

「ちょっと待って下さい!」

天野探偵の話の途中で、たまりかねたように口を挟んだのは野間さんだった。さっきまで、あれほど冷静に見えた人が、声が上ずり、妙にうろたえていた。

「天野さんの推理には、ひとつだけ事実と違うところがあります！」

もう何もかも喋ってしまえ、という決心がロバ面に漲《みなぎ》っていた。

「ほう。それは？」今度は天野探偵も幾分不安そうな顔になった。

「確かにおっしゃる通り、先生の死体を見てすぐにぼくは梶さんの犯行だと思いました。彼女に先生を殺したくなるような動機がありましたし、――実際、あの先生は梶さんから依頼された原稿は全く手をつけてなかったのです。こちらに発表する作品のことで頭が一杯で。思い込んだら馬車馬のような人でしたから――ただ、ぼくが犯人を梶さんだと思った根拠は香水の香りなどではない。部屋に香水の香りなど残っていませんでしたよ。いやいや、彼女を庇って言っているわけではありません。今更そんなことをしても無駄でしょう。それほど往生際は悪くない」

「それでは一体――」

元喫茶店主の顔にはハッキリと狼狽の色があった。

「スカーフですよ。一目瞭然。先生の首には凶器の紅いスカーフが巻き付いていたんです。そのスカーフにぼくは見覚えがありました。かすかに彼女がいつもつけている香水の匂いもした。間違いないと思いました。彼女が発作的に先生を絞め殺し、動転して凶器をそのままにして逃げたのだと思い」

「そ、それじゃ、部屋に香水の香りは残ってなかったというんですか⁉」

と、天野さん。口からパイプが今しも落ちそう。よだれが糸を引いている。

「何も。しいて言うなら、スカーフにかすかに」

編集者は、嘘をつかないというインディアンのように断固とした口調で言った。

「それはおかしい！　あの部屋に入ったのが梶さんなら、香水の香りが部屋に残っているはずです」

素人探偵はうろたえた声を出した。見る見るうちに、それまで大きく見えていた老人の体がいつもの大きさに縮んだような気がした。この人はやはり、蓄音機の前でビクターの犬をしているのが一番似つかわしいのかもね。

教訓。ミステリーというものは、読み過ぎても駄目だが（兄貴のようになる）、全く読まなければ尚駄目だということ。

「どうやら、私を犯人だと決め付けた証拠が、今度は私の無実を証明してくれたようね。このさいだから、キッパリ申し上げておきますけど、大楠先生を殺したのは私ではありません。二階に着替えのために上がったとき、先生に遭いもしなかったし、まして、先生と野間さんがグルだったなんて思いもよらなかったわ。私は先生を殺しはしなかったけれど、今なら充分殺意を感じるわね」

彼女は声を圧し殺してそう言った。

「そうなると、あのスカーフは――」

と、野間さん。

「盗まれたのよ」

葉子さんはアッサリと応えた。

「盗まれた？」

「たぶん真犯人に」

「いつ⁉」

「着替え用の服をベッドの上に置いて、洗面所にスカートの染みを取りに行っていた間だと思うわ。染み抜きをして、服を着替えようとしたら、そのときはもうなかったから。しかたないので、スカーフの代わりにペンダントをしたの」

「一体、誰が⁉」

その質問に答えるように、葉子さんは或る人物を見た。

野間さんもつられて、その人物を見た。

私以外は全員その人物を見ていた。

9

この手記もいよいよ大詰めにきたようだ。

そうです。皆さん。私が真犯人なのです。

大楠先生を殺したのは私である。

ちょっと待て。この手記を読む限り、私こと笠原毬子には犯行のチャンスはなかったではないか。と、こうおっしゃりたいのですね？　読者の言い分はごもっとも。しかし、自分に都合の悪いことを言わなくてもいい黙秘権というものが犯罪者に許されるならば、手記においても都合の悪いことは省略してもいいという権利が許されてもいいはずである。

私はこの手記で、大楠潤也を殺害した場面をあえて省略したのだ。省略した部分とはこうである。

そんなことを思いながら、何気なくライターを手に取った時だった。背後でギーと音をたててドアが開いたのは。

廊下の狂い時計がボーンと軋むような音色でひとつ鳴った。

例の癖で、思わず腕時計を見た。八時四十分。

扉を開けて入ってきた人物を見て、私はつい声をあげた。

「先生！」

なんと、大楠先生だったのだ。先生は私の姿を認めて、しまったという顔をしたが、すぐに人差し指を口にあてて、しっと言った。

「どこに行ってらしたんですか。野間さんが――」

そう問いかける私の袖を引っ張るようにして、慌ててⅪ号室の方に連れ込んだ。私はライターを手にしたままである。

そこで、大楠氏は何もかも説明してくれた。実は野間さんとはグルだということ。『幻想宮』に発表する予定の中篇のメイントリックのリハーサルをしていたにすぎないということ。『幻想宮』の締め切りは本当は来月で、そのことは野間さんも勿論承知の上だということ。ずっとこの部屋に隠れていたのだが、煙草を吸おうとしてライターを隣の部屋に忘れてきたことに気が付き、こっそり取りに行って私に遭ってしまったこと。エトセトラ、エトセトラ。

「それじゃ、葉子さんの依頼の方は？」

私は唖然として訊いた。先生は何のことかとポカンとした表情。かなり間があってから、唸るように言った。

「忘れてた」

葉子さんが聞いたらガーンである。おまけに私もガーンである。大楠先生は原稿をおっぽり出して逃げたわけではなかったのだ。ということは、代わりに私の処女作が『幻想宮』に掲載される機会は遠のいたということで。糠喜びだったのだ。くそう。

「まだ雪、降っているかな」

そんな呑気なことを呟きながら、窓辺に立って、カーテンをめくっている大楠潤也の後ろ姿を憎たらしい思いで眺めていた。

待てよ。このとき、耳元で悪魔が囁いた。まだチャンスがないわけではない。この先生がいなければ、私の処女作が陽の目を拝めるのだ……。

大楠氏の薄くなって、ピンク色の地肌が透けて見える後頭部は誘惑的だった。登山家が山に登る理由を訊かれたら、こう答えるだろう。そこに山があるからだ。私もこの時の衝動の理由を訊かれたら、こう答えるしかない。

そこに頭があるからだ。

はっと気付くと、銅製の花瓶をつかんで、その「頭」に振り落としていた。殴っただけでは息を吹き返す恐れがあるので、電気スタンドのコードを使って、念のため、首も絞めた。やるからには手加減はしない。こちらも気を入れて絞め上げた。

やっと手を緩めた時、足元には、完璧な死体が転がっていた。

さっきエプロンドレスのポケットに入れたライターのことを思い出した。これを元あった場所に戻しておかなければ。そう考え、私は死体の転がっている部屋を出ると、隣のⅫ号室に行った。ライターを机の上に置こうとしたとき、廊下の狂い時計がまた時を打った。

ボーン、ボーン、ボーン、ボーン。

時計の音が鳴り終わった。そのとき、背後でドアが開いた。これには心底ぎょっとした。一瞬隣の部屋で転がっているはずの大楠先生が生き返ったかと思ったからだ。だが、ドアが開いて、顔を出したのは兄貴だった。

「おどかさないでよ。誰かと思うじゃない」

私はそう言って、持っていたライターを机の上に戻した。


とまあ、これだけの記述が実は3章と4章の間に入るはずだったのだ。それを省略したのである。だが、ただ省略したのではアンフェアだから、その省略を読者にも推理できるよう、ちゃんとささやかな伏線は用意しておいた。

それは二つの時計に関する記述である。

二つの時計とは、ひとつは私が腕にはめている正確無比の時計であり、もうひとつはⅫ号室の前の廊下に壁に掛けてある狂った時計である。

この掛時計は狂っているが、壊れているわけではない。1章に書いたように、伯父の趣味で故意に狂わせてあるのだ。ネジもちゃんと巻かれている。だから、時間の進み方そのものは、私の腕時計と同じはずなのである。

ところが、思い起こして欲しい。私が野間氏の来訪を報告しにⅫ号室を訪れたとき、廊下の狂い時計が二つ打ったと書いたことを（2章の終わり）。このとき、私は反射的に腕時計を見ている。七時十分であった（3章のはじめ）。ということは、狂い時計が二時を指していたとき、私の腕時計は七時十分だったということになる。

それでは、二時間後、腕時計が九時十分を示したとき、狂い時計は幾つ鳴るか。簡単な算術の問題だ。当然、四つである。四時でなければおかしい。しかし、3章の終わりで鳴った狂い時計の音は幾つだったか。一つだった。さらに4章のはじめで兄が私に時間を聞いている。そのとき、私はこう答えているのだ。「九時十分」だと。

つまり、3章の終わりと4章のはじめが時間的につながっていると考える限り、二つの時計の時間の進み方にこんなズレが生じてしまうのである。だから、3章と4章の間にはある時間の省略がされていると、慧眼の読者は見抜かなければならない。では、どのくらいの時間が省略されていたか。あるいは、3章の終わりで狂い時計がひとつ鳴ったとき、正確な時刻は何時だったのか。

鳴った音が一つということは、一時か、×時半を示している。逆回転するわけがないから、一時、ないしは一時半ということはない。二時半か、三時半である。どちらにせよ、三十分以上の時間が省略されていたと考えなければならない。私が大楠潤也を殺すに充分すぎる時間が。

これが私がフェアを心がけて施した伏線である。

実際には、私が「消失」手掛かりを求めてⅫ号室に行ったのは、八時四十分くらいのことだった。九時十分ではなかったのだ。あのとき、廊下の狂い時計は三時半を示していたのである。つまり、3章と4章の間には三十分の省略があったというわけ。

まさに「これぞ時鐘の恐ろしさ」！

さて、先生殺害後、兄と一緒にサロンに戻ってきた私は、卑劣な手段で気はすすまなかったが、葉子さんに濡衣を着せることを思いついた。大楠氏の話を聞いて、葉子さんに殺人の動機があることに着目したのだ。

私はまず笑えるアニメのビデオをセットした。気まぐれで『バックス・バーニー』を選んだわけではない。私にはひっくりかえるほど笑う必要があったのだ。何のために？葉子さんにトマトジュースをひっかけるためにだ、勿論。

ただ、あれは少々辛い演技だった。私はあの『バックス・バーニー』をテープが擦り切れるほど繰り返し観ているのである。正直なところ、もうひっくりかえるほどには笑えないのだ。しかし、それでは困るから、ひっくりかえる演技をしたのだ。笑いたくもないのに笑わなければならないというのは辛いものだ。

ビデオをセットして、いつものブラディ・マリー（まさに私のことである！）を注文しようとしたら、都合の良いことに、彼女の方から言い出してくれた。こうして、首尾良く、彼女の衣服を汚し、二階の自室に慌てて行くようにしむけた。こんなことをした理由は二つある。一つは無論、彼女のアリバイをなくさせるためである。葉子さんにずっとサロンに居られては困る。二つめは、謝る振りをして彼女の部屋を訪ね、彼女が犯人である証拠の品を何か盗んで来るためである。それを死体の傍らにさりげなく落としておけば、誰でも犯人は彼女だと思うだろう。動機もあることだし。

彼女の部屋に行って見ると、部屋の主は不在で、お誂《あつら》え向きに紅いスカーフが出ていた。私はそれを手に取ると、エプロンドレスのポケットにしまった。そして、葉子さんの部屋を出ると、すぐに犯行現場に戻って、スカーフを死体の首に巻き付けておいた。

死体を最初に見付けるのは野間さんだと思ったが、まさか、彼がライバル編集者を庇うためにあんな細工をするとは夢にも思わなかった。が、結果的には私に幸いしたようだ。本当の凶器は電気スタンドのコードだったが、もし、スカーフが首に巻き付いたまま、警察に発見されていたら、首に残った痕から、凶器はスカーフでなかったことがばれてしまう恐れもあったかもしれないからだ。

日本の警察は優秀ですからね。こういうことにかけては。

以上で真犯人、笠原毬子の告白は終わりである。

ところで、今、私は刑務所にいる。

退屈な所である。麻疹《はしか》と殺人は未成年のうちに済ましておくに限る。いまいましいことに、私は二十歳の誕生日をとうに迎えてしまっていたのだ。

昨日伯父さんが面会に来てくれた。伯父だけである。今でも私を身内として扱ってくれるのは。血を分けた家族にはとっくに見放された。父も母も、私という子供を二人してせっせと作ったことなど完璧に忘却してしまっているようだ。まあ、そのほうが私としては気が楽でいいけどね。

伯父はふたつの「めでたい」（私にとってではない！）ニュースを持ってきてくれた。一つは、野間さんと葉子さんが結婚したというニュース。あ、そう。よかったね。私はそう冷たく応えるのみである。だいたい、この二人は私というキューピッドがいなければ、何年たっても平行線をたどっていたはずだ。少しは感謝して貰いたいものだ。せめて、この刑務所の方角に足を向けて寝て貰いたくはない。

もうひとつのニュースは、めでたいどころか、腹わたの煮えくり返るような知らせだった。兄貴が推理作家としてデビューしたというのだ。あのアホが？　信じられない。今のミステリー界はどうなっておるのだ。暇潰しにヒョウタンツギの落書きをした灰色の壁を見詰めて、さめざめと泣きたい気持ちだ。兄貴くらいの才能でデビューできるのなら（それほど今の出版界がトチ狂っているなら）、もう少し気長に待っていたら、私などとっくに陽のあたる場所を歩いていただろう！

あたら才能を自ら潰してしまったのだ。

ここで書いているこの手記も、別に出版されるわけではない。暇潰しに書いた壁のヒヨウタンツギのようなものなのだ。これを読む読者などどこにもいない。せいぜい、自分で読み返して、ところどころ空しく笑うだけだ。いっそ、看守のおばさんにでも読ませようか。無駄だろうな。あのての鬼瓦みたいな顔は恋愛小説しか読まないと相場は決まってる。

空しいものだ。こんなところで、一人の天才作家（天災作家？）が卵のままで腐り果てるとは。日本国にとっても大変な損失である。

かわいそうなブラディ・マリー。

エピローグ

「つまり、今邑さんが問題篇で犯したミスというのは、あの狂い時計の記述だったんですね」

受話器の向こうで『QED』の編集者が言った。

「そうなんです。あの狂い時計は単なるムード作りのために出しただけなので、あまり描写に気を配らなかったんです。だから、3章の終わりで、前とのつながりからすれば、当然『狂い時計が四つ鳴った』と書かなければいけなかったのに、うっかり『ひとつ』と書いてしまったんです」

「なるほど、なるほど。そこを山浦氏に鋭く突かれたというわけですね」

「ええ。ちょっとした描写の手違いから、3章と4章との間に三十分以上の時間のブランクが出来てしまったんですね。ですから、一見犯行のチャンスがなかったように見えた語り手の毬子にも犯行のチャンスがあったということになってしまって。ただ、厳密に言うと、その省略された時間内に毬子が果して大楠潤也を殺したかどうかまでは分からないんですよね。だから、山浦氏の『別に真犯人がいる』という指摘は、正確には『別の人物が犯人である可能性もある』と言った方がいいとは思うのですが」

「しかし、恐るべき読者だなあ」

「本当ですね。さすがに自腹を切って本を買う読者は厳しい。同時に暇というか」

大体、本格物の愛読者なんて暇だけは腐るほどあるという人種が多い。秒刻みで動くビジネスマンなど、間違ってもこんなものに手を出さない。読むのは学生か失業者か病人である。

「そうですとも。読者を侮ってはいけません。特に、うちの読者は水準が高い。山浦氏のような人はけっして例外じゃありませんよ」

「それは分かります。私も読者でしたから」

こちらもさりげなく自慢する。

「しかし、怪我の功名というか、山浦氏の指摘のお陰でずっと面白いものになりましたよ。編集長も喜んでいます。読者からの挑戦状なんて前代未聞ですもんね」

編集者の声は隠しようもなく弾んでいる。

「そうですか」

「まあ、今だから言いますが、長編を縮めたので中身が濃いとおっしゃっていたでしょう?」

「ええ」

「だから、愉しみにしてたんですよ。どのくらい濃いだろうかと」

「はあ」

「ですが、読んでみると……」

「さほどでもなかった？」

「いやいや、そうは申しませんが」

言っているようなものだ。

「とにかく、結果的には中身は濃くなりましたよ。あれなら読者も満足するでしょう」

「作者も満足してますよ。予定外の原稿料を戴けて」

「いやあ、雀の涙ほどでお恥ずかしい」

雀？　蚤《のみ》の涙でしょ。

「山浦亜巳さままでですね」

「あ、そうそう。そう言えば、その山浦氏からまた手紙が編集部あてに届きまして」

「えっ。また何か、イチャモンでも？」

「いえいえ。編集部あてになっていたので読ませて戴きましたが、ずいぶん今邑さんのことを誉めていましたよ」

「へえ」

「女性の本格派の新人と言うことで、どの程度かと冷かし気味に見ていたが、なかなかどうして見事なものだと。あの挑戦状に堂々と応えたのは称賛に値する。大変な才能の持主ではないか、これからも氏の作品をもっと貴誌で読みたいものだ、とたいそうな持ち上げようです」

「へへえ。その文章からすると、山浦氏はやはり男性だったようですね」

「まあ、そうでしょう。うちの読者は統計的には男性の方が圧倒的に多いですからね」

「そこまで誉めて戴いて身に余る光栄です。で、それも『読者のページ』に載せるんですか」

多大の期待をこめて訊くと、

「いや。載せませんが」

とそっけない返事。ここの編集長というのは、よっぽどへそ曲がりらしい。

「その代わり、山浦氏のお手紙をそちらに転送しましたから。じっくり、お読み下さい」

と言って、電話は一方的に切れた。なんだ。すぐに次の作品を依頼してくれるんじゃなかったのか。せっかく、「山浦氏」もああ言ってくれているというのに。まあ、いいや。二作めの長編を某社からやっと出して、多少の印税は入ったことだし。

表に出て、郵便箱を覗いてみた。ありました。山浦亜巳氏のお手紙が。

ただちに中を見たかって？　見ません。丸めて屑籠に捨てた。改めて見るまでもない。それにしても、『QED』の編集部では「山浦亜巳」の正体について疑った者は誰もいなかったのか。アナグラムを作って見ればすぐに分かるのに。

全く、最初から百枚以内に縮めるのは無理だと言ったのに、どうしても百枚以内でなど言うから、こんな手間のかかることをしなければならなかったのだ。あれは、どうやっても、百枚でおさまる話ではなかったのである。

あとがき

文庫化に当たって、最後に収録した「時鐘館の殺人」だけ、かなり手を加えました。ノベルス版の時にはあった箇所が大幅に削除されています。

削除の理由は、時がたつと意味が分からなくなってしまうような時事的なネタを扱っていたためと、実在する作家の方々を揶揄するような表現が多々あることが気になったからです。

この作品は、私がまだアマチュアだった頃（今もアマチュアに毛が生えた程度ですが）に書いたものが元になっています。今から思えば、「素人だから書けた話だなあ」とつくづく思います。読み返すたびに、冷や汗が出る困った作品でもあります。

とは言いながらも、個人的には、ひそかに気に入っていたりもするのですが……。

「馬鹿な子ほどかわいい」という親の心情に似たものがあるようです。

少しでも楽しんでもらえれば嬉しいです。

『時鐘館の殺人』　一九九三年十二月　C★NOVELS

中公文庫

時鐘館《とけいかん》の殺人《さつじん》

1998年3月18日　初版発行
2012年5月25日　改版発行
2021年3月25日　改版2刷発行

著　者　今《いま》　邑《むら》　彩《あや》

発行者　松田陽三

発行所　中央公論新社
〒100-8152　東京都千代田区大手町1-7-1
電話　販売　03-5299-1730　編集　03-5299-1890
URL http://www.chuko.co.jp/

DTP　嵐下英治
印　刷　大日本印刷（本文）
三晃印刷（カバー）
製　本　大日本印刷

Published by CHUOKORON-SHINSHA, INC.
Printed in Japan　ISBN978-4-12-205639-8 C1193

定価はカバーに表示してあります。落丁本・乱丁本はお手数ですが小社販売部宛お送り下さい。送料小社負担にてお取り替えいたします。

各書目の下段の数字はＩＳＢＮコードです。978－4－12が省略してあります。

中公文庫既刊より

い-74-5
つきまとわれて
今邑彩

別れたつもりでも、細い糸が繋がっている。ハイミスの姉が結婚をためらう理由は別れた男からの嫌がらせだった。表題作の他八篇の短篇集。〈解説〉千街晶之

204654-2

い-74-6
ルームメイト
今邑彩

失踪したルームメイトを追ううち、二重、三重生活を知る春海。彼女は、名前、化粧、嗜好までも変えて暮らしていた。呆然とする春海の前にルームメイトの死体が？

204679-5

い-74-7
そして誰もいなくなる
今邑彩

名門女子校演劇部によるクリスティー劇の上演中、連続殺人は幕を開けた。台本通りの順序と手段で殺される部員たち。真犯人はどこに？　戦慄の本格ミステリー。

205261-1

い-74-8
少女Ａの殺人
今邑彩

深夜の人気ラジオで読まれた手紙は、ある少女が養父からの性的虐待を訴えたものだった。その直後、三人の該当者のうちひとりの養父が刺殺され……。

205338-0

い-74-9
七人の中にいる
今邑彩

ペンションオーナーの晶子のもとに、二一年前に起きた医者一家虐殺事件の復讐予告が届く。常連客のなかに殺人者が⁉　家族を守ることはできるのか。

205364-9

い-74-14
卍《まんじ》の殺人
今邑彩

二つの家族が分かれて暮らす異形の館。恋人とともに訪れたこの家で次々に怪死事件が。謎にみちた邸がおこす惨劇は、思いがけない展開をみせる！　著者デビュー作。

205547-6

い-74-15
盗まれて
今邑彩

あるはずもない桜に興奮する、死の直前の兄の電話。十五年前のクラスメイトからの過去を弾劾する手紙——ミステリーはいつも手紙や電話で幕を開ける。

205575-9